如果你曾奋不顾身爱上一个人

苏小懒 作品

湖南文艺出版社
HUNAN LITERATURE AND ART PUBLISHING HOUSE

博集天卷
CS-BOOKY

图书在版编目（CIP）数据

如果你曾奋不顾身爱上一个人/苏小懒著. —长沙：湖南文艺出版社，
2014.3
ISBN 978-7-5404-6560-5

Ⅰ.①如… Ⅱ.①苏… Ⅲ.①长篇小说－中国－当代 Ⅳ.①I247.5

中国版本图书馆CIP数据核字（2014）第003289号

上架建议：长篇小说｜言情

如果你曾奋不顾身爱上一个人

作　者：苏小懒
出版人：刘清华
责任编辑：薛　健　刘诗哲
监　制：蔡明菲　潘　良
特约策划：董晓磊
封面设计：Cince
版式设计：姜利锐
出版发行：湖南文艺出版社
　　　　　（长沙市雨花区东二环一段508号　邮编：410014）
网　址：www.hnwy.net
印　刷：三河市鑫金马印装有限公司
经　销：新华书店
开　本：700mm×1000mm　1/16
字　数：160千字
印　张：15
版　次：2014年3月第1版
印　次：2014年3月第1次印刷
书　号：ISBN 978-7-5404-6560-5
定　价：32.80元
（若有质量问题，请致电质量监督电话：010-84409925）

目 录

【 如果你曾奋不顾身爱上一个人 】

CONTENTS

第一章　Chapter 1
001

她期待着有那么一天，他能朝她走来，用只有对她说话时才独有的温柔语气说，小琼，对不起，都是我的错，我是因为××××××××才不得不压抑对你的爱，违心与你分手。这个因为"××××××××"的理由，她曾经替他想了上千遍。

第二章　Chapter 2
023

朋友说，在行驶的公路上，如果你刚出发没开多久就撞上红灯，那么接下来的路程，你将处处遇红灯。

1

不论前车如何万马奔腾般呼啸而过，到你这里时就别指望后面的路程绿灯闪烁，一路畅通，更别妄想加大油门强冲过去。

到你这里是红灯，就得认命。

第三章　Chapter 3
047

这感觉就好像，攀越顶峰的大部队出现了两个掉队的人。其中一个时而分心，攀登一会儿便想要下山转转，而另外一个觉得这个人有趣，有时候也跟上来凑凑热闹。

第四章　Chapter 4
073

追求一个人的时候，我们经常说——
喜欢你，没有理由。
断绝关系的时候，我们却接受不了——
分手吧，没有理由。
这感觉就好像，中了五百万的彩票，你绝不追究为什么是你。
而原本属于你的五百万彩票突然宣布作废，你绝无可能平静接受，是不是？

【如果你曾奋不顾身爱上一个人】

序言（一）
开在夏花上的白日梦 _____

文 / 独木舟 _____

很多年前读过杜拉斯："爱之于我，不是肌肤之亲，不是一蔬一饭，它是一种不死的欲望，是疲惫生活里的英雄梦想。"

这种煽情又不食人间烟火的味道当时迅速俘获了我。

曾经可以把今生所有的赌注都压在一个人的身上，不是幸福的赌注，而是生存的赌注。好像他除了是你的世界外，还兼职了你的氧气，是你生存的必需。

每个城市热闹道路上都有拥挤的人群，每个城市老旧窗棂里都有漫长的等待，每个城市相爱的季节里都有大雨倾城的光景，但不是每个城市都有恰到好处的爱人和厚实的归属感，这便是奋不顾身的理由。

留下，无非就是彻底的心甘情愿。

如分手后经过三万米高空，眼帘下灯火辉煌的城市倒映着隐忍跳动的情绪。抑或因其他缘故再回那个待了几年的城市，列车靠岸，行囊背起，迈开脚步，街头巷尾张望也看不到任何相交线，心有惶恐。

离别，一如古书陈述的老死不相往来。

当乔磊以几乎无可挑剔的面貌重新出现在别琼面前时，权力终于反转，自己可以逆袭过去屈辱的生活，那样才会考验你是否真正地爱一个人吧。

爱上一个人，最初的感觉就是觉得自己配不上他，可是有朝一日紫光东来，重返年轻之地，还在爱着那个人。只有到这时候，才松一口气，曾经的奋不顾身好像有了归途。所有长夜漫漫的煎熬，大可化作一句新的："嘿，我们现在可以在一起了吗？"肯定的答案能不负平生，否定的答案就用已有的强大再保护自己一次吧。

你大概只有在他身边自卑过，温顺得像朵没有骨架的雏菊，很久以后，你在别人眼里都有些高冷了，你才知道，好像你只给一个人低过头。

这就是不计较的曾经。爱过的人，情分从滋生就难抹去。最多也就是宽慰自己换一处居所，淡一个圈子，假装忙碌般隐身或者离线，仿佛羞耻般不轻易示人。

但是到底发生过什么，还在发生着什么，只有你知道吧。

中学时的温沈锐和别琼会让我想起一位长者说过的话，她说，如果你年轻的时候爱上一个人，是最不屑计较现实的，只要能跟他在一起，别说每天只能吃白菜，就是每天捡白菜吃都乐意。

后面应该还有些什么要说的，可她没说，我也就只记得了这一句。

年少时的恋爱，从来都与生活无关。只要相爱，就愿意拼尽全力去维护它。

很多在艺术作品里发生的故事，真实生活往往演绎得更加激烈。邵小尉和戴川的爱情轰轰烈烈，驶向了让人始料不及的方向。

我曾经也知道一个这样的姑娘。

她与男友在初中相恋。好像真的是在恋爱中打得最欢的情侣，往往不易分手。两个人之前几乎演绎了所有当时虐心偶像剧里的剧情。

直到两人同时就读于相邻的大学。事情发生在一个深夜，一次所有人都习以为常的吵架过后，姑娘的男朋友喝醉了酒，跌跌撞撞地冲进她的学校。在女生寝室楼下给她打电话，哭着要姑娘马上下去，否则就再也别想见到他。

时值冬季，整栋楼都已经封寝。这时候是不会允许任何人出门的，就在室内其他人叽叽喳喳权衡利害之际，姑娘直接打开窗户，在窗台上站了一会儿后蹲了下去，当时的她住在六楼。

冷风夹杂着雪花灌进宿舍，也击打在她单薄的睡衣上，吓坏了室内的所有人……最终她还是出去了，是走到一楼从其他女寝的窗台上跳下去的。后来姑娘重新回到宿舍，笑容灿烂得仿佛什么都没有发生过。

直到事情过去了很久，大学室友小心翼翼地重新提起这件事，问她那时候不会真想直接从六楼跳下去吧。姑娘歪着头认真地想了一会儿，说，当时的脑子有些乱，好像想过。说这句话的时候，他们的孩子已经半岁了。

是不是所有炙热过的年少，都必伴随着一次深入骨髓的经历，恍若没有彻骨地疼过就不叫爱情，好像没有壮怀激烈就算不上青春。

未来纷至沓来，容颜不等少年。后来，你试着去爱上另一个人，在无数个昏黄的剪影和沙石的台阶旁说些关于未来的话，在居家的沙发上和凌乱的酒桌前低头，在寂静的巷尾和隔着风雪的车窗里发呆，你突然想起很久以前某个地方几乎与之重复的场景，记忆打开阀门，全是排山倒海。

这好像是上个世纪的歌词，等那个身影只在脑海里回头，你就知道，到底是他，离开你很久了。

久到再没遇上你出现那天的阳光，久到记不得当时脱口而出的电话号码，久到小心翼翼的记忆逐渐被后来的资讯蚕食，时间像一个失态的赌徒，输掉的都是拽到青筋凸起也不愿放的心经。

记忆不够广阔的人，一件件当掉过去，凑出今天和未来。但是你会相信，在所有物是人非的日子里，路过亦是乌云盖不住的福报。

我总觉得，我们每个人一定要有一次这样的经历。奋不顾身地爱上一个人，这过程才是结果。它会成为你不锈的战利品，留待年老的时光向儿孙炫耀。

百年无黄沙，伊人埋故土，这些战利品在风里站成昨日图腾。就像我们还很勇敢的时候那些不可一世的白日梦，即便不能实现，也曾如夏花般绽放在心间。

所以，谢谢一个人，给你一个曾经。谢谢小懒的这个故事，带你看一遍曾经。

序言（二）
早就听说了 ＿＿＿＿＿

文 / silver是水果味儿的 ＿＿＿＿＿＿

早就听说了，让你眼前一亮的不是爱人，爱人让你眼前一黑。像邵小尉听到戴川又要结婚了的那一刻，像温沈锐去世后别琼心里就什么也看不见了。我们在黑暗中盲人摸象，管中窥豹，试图去了解面前这头胆小又多变的怪兽。所以故事里的人总在兜兜转转，分分合合。在学写小说的第一节课上，老师说，好故事的宗旨就是每个人都不幸福。万物都有裂痕，那是光进入的地方。

几乎是第一时间就答应了写这篇序，对我来说是莫大的荣幸。高中的时候班上几乎每个女生都喜欢小懒，我们羡慕一个女人可以过得如此丰满、幽默、大条又不失女性特有的温柔。我们把她小说里的句子工工整整地抄在日记本里，或者混在周记里交给老师，觉得这样便是离她近了一些。那时候她不是简单的一位作家，而是代表了整个少女时代的梦想。

而这本新小说又和以前的作品不再一样，因为小懒成了一个妈妈。读一位处在上升期作家的小说是件很有意思的事，随着她的成长，故事的背景也在不断地改变。而这次的故事背景是幼儿园，因为群仔也正在读幼儿园的阶段，里面自然谈到了很多关于幼儿教育体系的分享，有她自己独到的见解，也有群仔身上实实在在发生过的趣事，让人在感叹书中主角情路多舛的同时，也有了很多育儿方面的收获，为小说平添了几分童趣。

故事众多的伏笔中，我最喜欢的是在婚礼酒席上，对这些年来乔磊叫她"小别"的解释。心中暖暖的，像早上起来喝了一大杯甜滋滋的蜂蜜水。小懒的文字就是这样，把那些亮晶晶的东西藏在一杯温开水里，你要等它自己慢慢融化，甜在心里。

年轻的时候，我们都曾奋不顾身地爱上谁，然后才学会坦荡，学会不再浪费情感，学会去选择平坦的道路。我只有一根烟了，还得撑一夜。我只有一点儿爱了，还要过一生。希望你记忆中的我永远都扎着马尾，穿着白衬衣、蓝色百褶裙，把大了很多的校服外套系在腰上，见教导主任路过便忙不迭把校服披上。你在后排扑哧一笑，我回头瞪你一眼。

心里知道你是喜欢我的，好巧呢，我也是。

序言（三）

我们都曾，奋不顾身

文 / 林汐

　　我和小懒第一次见面，是在五六年前的一个活动上，初时我们并没有太多交集，她戴着眼镜，穿着黑色、规整、包得严严实实的礼服裙。之后我们才渐渐熟悉起来，她私底下的性格是和她严谨温婉的形象大相径庭的。

　　小懒是个女超人。

　　一个直白的、真实的、保持着童心的、生猛的女超人。她好似热爱着现实生活中的每一个细节，并且愿意为之推敲和付出时间。微信朋友圈里经常看她更新一些健康饮食的做法、各种见闻，甚至致力于研究黄桃罐头的保存方法。然而她也能在小群仔生病时，在照顾他、带他看医生的同时，我用微信激烈地讨论稿子的问题。她可以凌晨两点睡觉，早晨依旧七点起床送小群仔去幼儿园。她也可以在写这部长篇的同时做主编，出了一期又一期杂志。

所以我才说，她是个生猛的女超人嘛。

这本《如果你曾奋不顾身爱上一个人》，我几乎是从头追到尾的。小懒先发给我前五章，我用了一个晚上读完。在我的催促下，她每写完一章就先发给我看，一直到尾声，这是一个长途跋涉般漫长的过程。可是当她把修改过的完整版发给我时，我又从头到尾细读一遍，才发现这部书稿中打动我的不只是爱情——真正震惊我的是小懒的野心——她竟然身体力行、孜孜不倦地，甚至冒着被抨击为枯燥的风险，树立大家对"幼儿启蒙"重要性的认识，甚至身体力行于教育制度的改革。

领悟到此，我顾不得自己因为温沈锐的结局而流出的那一点儿湿意，不由得给小懒点一个"赞"。我想跟她说，你知道你在做一件多棒的事吗？

当初听小懒说这本书是她"第一次触及的领域"，那时我并没有反应过来。小懒的书从第一本起都是关于爱情的，接连而至的长篇也都是出于此，就连爆笑热销的《全世爱》也全部出自爱。所以当她这么跟我说时，我以为她是在用一个崭新的方式去坚持诠释爱情。哪知她给我带来的惊喜竟不限于此。等到我读完，才彻头彻尾明白了这个"从未触及"是什么。这不是一本单纯的、只关于爱情的书，而它的珍贵之处也正在于此。

虽然我必须承认，我被其中的爱情结结实实打动了，看到高潮时甚至不得不深吸一口气来平复心情的起伏。对我来讲，爱情是柴米油盐中的一点儿温存念想，是平淡生活中的一颗糖，是艰难跋涉远行者的一点点惊喜、一点点奖励。但小懒这本书里的爱情把我看到眼睛酸涩，就连她描写的爱情中的龃龉都如此熨帖。心里关于柔软的那个部分，如果你经历过爱情,你一定会明白我所说。

爱情是狭路相逢电光石火如邵小尉,是工于心计改头换面如乔磊,是怯懦、掩藏、意图拽着那一点儿往事衣角不放的别琼,而我把所有美好的词语都留给了此书的男主角——温沈锐。他点明这本书的主旨"奋不顾身"。这种奋不顾身不是慷慨赴死,而是千山万水长途跋涉为你而来,却不对你说这一路多少艰险、多么困阻,只是和煦温柔一笑,坐下来与你喝一杯茶话话家常。他把所有的痛苦独自消化,凝成宝石,用血肉熨帖,打磨温润,送给自己心爱的姑娘。看在旁人眼里不过是一件寻常物件,从未可知有多珍贵。

小懒把温沈锐开始写得太过平庸负心,我根本没有顾上他,只当是个没有存在感的配角,把所有注意力放在了另一男主角身上,以至于最后的反转令我措手不及(为了不剧透,我就不说是什么样的反转了……),没有任何准备地打蒙了我。小懒以冷静和克制的笔墨描绘着这个人,让这个在开始没有多少存在感的人陡然清晰起来,并且下一秒钟就开始扯人心肺。我才发现,这分明就是小懒的一个陷阱啊!

我曾对小懒说,温沈锐是书中的最悲情、最顽强、最温柔,甚至我最大爱的一个人。

我把这么多的"最"都给了他。他不得不离开自己温柔相待的姑娘,独自对抗命运的不公,他也似常人一般愤慨过,可他就连愤慨也表现得如此坦然。小懒的描写并不让人觉得他遥远,看到他,你就会联想起某个真心爱过、温柔相望过的人。

从爱情说开去,小懒想说的却不只是爱情。她描写人性,描写儿童,描写发生在我们身边的某个社会现象,描写女主角的职业——幼师,虽然笔墨不多,但她花费的心血显而易见。她笔下的这些描写,有种小懒特有的直白和真实,她把自己的理念和心得杂糅在故事里变作血肉筋脉,向每个人传递一种信念——对我只有四个字:受益匪浅。

我喜爱小懒的文字,喜爱到在阅读中没有习惯性地去研究她用了什么样的技巧与巧思。她如此真实坦荡,让读者也不得不跟她走,回报以最直白的感动,让那些文字真真实实触动你的泪腺,用手拭去那一点儿湿意。她以自己的方式完整彻底地诠释了一本书的最大意义,令人亲近、触动,并有思索。

哪怕在私下里,我也没有这么具体地对小懒说过。我只是一再地为她加油,为她鼓掌。

我相信,在我们形容一个人如何奋不顾身爱上另一个人时,大多是当下的感觉,等感情稍微冷却,自己也冷静下来的时候,再去回顾这句话,多少有点儿不能承受。而我也坚信,世界上确实有这样一种爱情值得人们为它奋不顾身。小懒已经把它完完整整地呈现给读者,给那些曾经爱过、奋不顾身过、伤害过也被伤害过的灵魂一点儿抚慰。

"年少时我们爱一个人,不计代价,不计得失,心无旁骛,百折不挠。"可是爱过以后呢?

于是有了这本书,它是所有爱过的人心里那荡气回肠之后的一点儿回声。让你想再去看看那爱着的时候,那个爱着你也被爱过的少年。

因为我们都曾,奋不顾身。

Chapter 1 ____

　　她期待着有那么一天，他能朝她走来，用只有对 ————
她说话时才独有的温柔语气说，小琼，对不起，都是
我的错，我是因为×××××××才不得不压抑对
你的爱，违心与你分手。求你原谅我，再回到我身
边，好吗？

　　这个因为"×××××××"的理由，她曾经
替他想了上千遍。

1

除非一辈子不参加任何同学聚会，不然，总难免遇见旧情人。

那时别琼同温沈锐刚分手，好不容易等到宿舍空无一人，终于能够趴在床上放声大哭，只觉自己似被逼至绝境，前有恶虎扑近，后临百丈悬崖，并无时间思考是成为百兽之王口中的美食，还是闭上眼睛纵身一跃。

她只期待落地时的死相不要让自己太难堪。

其实是内心明了分手大局已定，哭泣哀求均无可挽回，绝望中没有重点没有逻辑地胡想，只希望此生再不见面。

同学聚会接连婉拒三年，也不外乎是为了躲避他。

她甚至愤恨诅咒，最好邵小尉和戴川也结不成婚，否则她必定要当伴娘出席，若连这个也推辞，邵小尉必敢踩着她十厘米的细高跟鞋踹开别琼家的大门。

当然，这么说有点儿对不起她的闺密，那个从高中时代便幻想着同初恋情人步入婚姻神圣殿堂的邵小尉。

那又怎样？

反正她从来不看好这对冤家。

何止她不看好，大学校园里，整个学院都算上，提到他俩，哪个不是摇头撇嘴，恨不得把这对冤家拖过来，一手拉一个，好言相劝，老泪纵横——

"求求你俩，彻底分手得了，别祸害对方了。"

这样说来有些夸张，不过，但凡了解这两个人底细的，想必会深深赞同。

大学校园里的情侣随处可见，食堂里亲密喂饭，人工湖边紧紧相偎，宿舍楼下闭目热吻，自习室中甜蜜私语……不论笨拙初恋、驾轻就熟，抑或情场老手，你总能在各个角落里看到他们年轻、热血又充满朝气的身影。

但能把恋爱谈得惊心动魄轰轰烈烈世人皆知甚至死去活来……任何时候遇见，都仿若经历了一场硝烟滚滚、炮火齐鸣的战争，就只有邵小尉和戴川了。

是的，没错。

如果你看到——

一对情侣在众目睽睽下互扇耳光，如狂狮怒吼，又脏话连篇——

女生站在男生宿舍楼下声嘶力竭地喊男生名字，不顾众人诧异打量的目光，号啕大哭——

时而男生鼻涕眼泪齐流，追在女生身后哭求原谅——

又目睹愤怒至极的女生从宿舍楼窗户抛出电脑、衣服、杂志——

或有男生拖着挣扎不断、大呼小叫的女生沿小径奔走——

……

是了，不用猜，舍邵小尉、戴川者其谁?

两人均情绪多变，易焦虑和激动，常因为鸡毛蒜皮的小事计较，愤怒一旦发作，言辞很是刻薄，严重时更会有肢体冲突。

从不分时间和场合，绝不给对方留任何颜面和余地，当然更顾不得周围任何人或诧异或惊吓的神色。

前一秒还在肉麻兮兮地同吃一份冰激凌——

"嗯嗯，啵啵，老公你真好。"

"哎呀，不要这样啦，你个坏蛋。"

后一秒就有可能因为戴川钱包掉到地上，或者邵小尉多唠叨一句，微小得不能再微小的事情，突然有一方暴跳如雷——

"你丫傻×，MLGB……"

"×你大爷的……"

各种脏话连篇。

每个人都有自己独特的恋爱方式和表达方式，别琼曾帮这对冤家总结过，大致说来，他们有四不得：一秒钟委屈都受不得，一秒钟愤怒都忍不得，一秒钟悲伤都等不得，一秒钟快乐都攒不得。

宿舍的三姐妹曾无数次私下里讨论，两人到底什么时候能彻底分手。

老大玮清说："还能蹦跶几天，毕业肯定彻底拉倒，且老死不相往来。"

四妞看得比较透彻："他俩这辈子就这样了，不可能分开。你们啊，就等着收人家的结婚喜帖吧。"

玮清还想辩驳，四妞又长叹一声，说："坏了，搞不好他俩会先结婚再离婚，没多久又复婚再离婚……周而复始。"

别琼看着她："那又怎样？"

"这辈子认识他们简直太亏了，"她哭丧着脸，"他们吵架的时候闹得天翻地覆，我们是最直接的受害者。出了校门，我们还是受害者。"

"人家又没打算毕业后去你家住。"玮清白她一眼。

"我说，你动动你的脑子，好好想想。他们结婚，我们得随礼吧？没个千儿八百的，拿不出手。回头离了，人又再结，你总不能空手去吧？接着再生娃，咱们另一半八字都还没一撇呢，人家靠这个都能发家致富了。"

玮清顾及别琼刚和温沈锐分手，频频冲四妞使眼色。四妞最记挂着钱的事，她平时本就比较抠门儿，此刻半真半假地嚷嚷："不行不行，现在选择跟老二断绝姐妹情谊，看来是来不及了。我只能到时候让他俩写欠条了。"

她嘴里的老二，自然就是邵小尉。

"怎么写？"四妞问她，"难不成人家离婚了，还得退钱？"

"为什么不能？万一被你这个乌鸦嘴言中了，退回的钱，等他们复婚时再补上去。"

"您还不如支付宝付款呢，连带着人家婚姻质量都管了。回头稍有不顺您心意的地方，就全额退款，回头还能给个差评。"

别琼排行老三，本意是挪揄玮清，没想到她倒当真了："也是个不错的方式，我先备用，到时候看哪个方便，就实施哪个。"

......

那时，姐妹们对这对冤家还有过比这更恶劣的猜测和预言，可一晃三年过去，谁能想到，他俩真的修成正果。

就像此刻的别琼，不会想到多年后的今天，自己会穿着邵小尉早在半年前就为她定做的伴娘礼服——湖水绿的斜肩拖地长裙。这样大胆性感的穿着，于她而言，尚属首次。她挣扎着不肯穿，宁愿自己花钱重新购买，结果被邵小尉劈头盖脸骂了一通，什么"你故意跟新娘对着干，是不是要冲我们的喜呀""不骗你，这件衣服真的适合你啦，穿上它，给大家点儿颜色看""要让大家大吃一惊，真正的美女就潜伏在你们身边多年，却一直不知珍惜"……

大学四年，校园里的女生浓妆淡抹，处处风景艳丽，别琼一直素面朝天。当然她长得并不难看，嘟嘟的小包子脸，眼睛黑亮，皮肤白皙，典型的第二眼美女，越看越有味道。偏她喜欢长发遮面，一副对谁都爱答不理的样子。文科大学里本就美女成群，她又不善交际，整日宅在宿舍，难免淹没在人群里。

邵小尉不知道说了她多少遍，嘴皮子磨破，人家也不领情。但当时作为舍友是一回事儿，眼下是自己的伴娘又是另外一回事儿。她怎会愿意在自己的大喜之日，身边站着一个土了巴叽、灰头土脸的村姑。

只好连哄带骗，末了一句"你就高傲地穿着，到时我请给我化妆的首席化妆师给你化个精致的妆容，管叫温沈锐后悔得肝肠俱断"，让她瞬间改变决定。

是的，知别琼者，邵小尉也。

她知道什么是别琼的软肋，更懂得应该在什么时候拔出这把锋利的剑，找准位置狠狠插进去。

温沈锐是新郎官戴川高中时代篮球队的黄金搭档，纵然大学不在一个城市，两人亦来往频繁，真正亲密无间的好兄弟。这次婚礼为着避免别琼尴尬，才没请他当伴郎，要是再不通知人家，未免太说不过去。

当年温沈锐抛弃她，世人皆知。

而她，要有着怎样大的勇气和不甘，逃课，辗转几个小时坐火车去找他挽回。

求求你了，我们之前不是一直很好吗？

是不是你觉得异地恋太辛苦，没将来？没关系的，我一到周末就赶来看你，好不好？

毕业了我就来找你，到时候我们可以租个房子一起奋斗，是不是？

要不这样，我退学，回去复读，明年就可以考到这所学校来，成你的师妹，行吗？

如果你有喜欢的女生，没关系，我可以等，也许你和别人在一起了，会觉得其实我才是最适合你的那个呢？

……

那时的她，哭过闹过，抛弃所有自尊，卑微地抓着他的袖子苦苦挽留过，从后面搂住他的脖子，疯狂地用力求他回心转意过。

曾经在雪地里怕她冻坏，抓住她的小手进他温热的怀里，每天早上偷偷带出妈妈煲的浓汤逼她喝下，晚自习时坚持绕大半个城市送她回家的温沈锐，彼时只是皱着眉，不耐烦地看着她："我说，别琼，你是真傻，还是装傻？我说过了，我们之间已经结束了。"

他频繁看表："结束的意思你懂不懂？就像你玩游戏，game over（结束）了，我们之间没有任何联系了，各自度过各自愉快的大学生活，遇见好的男生，就和他相爱，不是很好吗？为什么非要缠着我呢？"

他用到了"缠"这个字。

校园里围观的人越来越多，时不时对她小声指点，这个世界从来不缺少看热闹的人。

可谁又能保证，永远没有人看你的热闹和笑话？

温沈锐并不想成为校园里的焦点，他走近她："我一会儿还有课，你自己去车站吧。"说完，他转过身，慢慢地朝前走。

她还是愣愣地站在原地，说起来，这还是她第二次受到这么多人投来的注目礼。

第一次，是在高三。中考800米长跑一直是她的弱项，体育老师给了男生足球和篮球叫大家自由活动，到了女生这里，盯着大家练800米。

一圈下来就已经人仰马翻，别琼最讨厌体育老师色眯眯地从后面赶上来，手搭在女生后背上半推半摸，人模狗样地喊着"加油啊，快到了"，实际上半明半暗揩女生油。

全身没有力气，喉咙里干得冒火，又不敢大声喊出来叫这色狼住手，只好拼命往前跑。脚下慢了几步，那咸猪手趁机湿乎乎地贴过来，她猛地站住，决心豁出去同体育老师撕破面皮。

这时，在对面打篮球的温沈锐突然跑过来，一下打飞体育老师的手，笑嘻嘻地责怪道："秦老师，少占我女朋友便宜。我女朋友我来调教督促就行了，不劳您大驾哈。"说完，冲别琼使个眼色："来吧，我陪你跑一圈。"

他全然不顾周围同学诧异的目光，以及黑着脸站在原地、敢怒不敢言的体育老师，陪同她跑完了剩下的几百米。

接下来的一个多月，她和他成为校园里的传奇，被好事的同学们编撰出N个版本的故事，在全校流传。

【 如果你曾奋不顾身爱上一个人 】

虽然后来流传的版本过于夸张和失实（比如，有版本甚至说温沈锐上去就扇了体育老师一个巴掌……打得他满地找牙什么的），可走在那些她或认识或不认识的同学的目光里，她是笃定的、快乐的、欣喜的。

因为那目光里即便夹带着羡慕和嫉妒，终究也是善意的。

两次印象深刻的注目礼，都是拜他所赐。

……

此刻，虽然她不认识他们中的任何一个人，可那目光里有太多的惊讶、不屑、鄙视，统归都是冷漠的。

没有热闹可看，人群终将散去。

2

八十桌的酒席，人已陆续来了大半。

正赶上隔天是A大的六十年校庆，不少校友提前一天赶过来，刚好参加这场婚礼。

邵小尉是故意的。

当时两人的恋爱谈得轰轰烈烈世人皆知，几乎成了新闻，恨不得每天占据校报的头版头条。不看好他俩的人太多，以至于她故意选在校庆的前一天摆结婚酒，让尽可能多的人亲眼见证她的幸福。

A大整个学院的教职人员，她都发了喜帖。

别琼陪着这对冤家站在酒店门口迎宾，一面麻利地将来宾塞过来的红包塞在早就准备好的手提包里，视线扫过对面桌上负责嘉宾签到的伴娘写下的名字，心中默默地快速核对。一面强迫自己念出声，声音的大小控制得刚刚好，既要避免其他人听到而尴尬，又要让脑子、嘴巴不得闲，以免失了心神，只顾想着万一见到温沈锐，要挂上一副什么样的面孔。

若评选当日嘉宾说得最多的一句话，一定是"哈哈，没想到你俩还真结婚了"。

这句话说的频率实在太高，包括但不限于大学同学、任课老师、大学辅导员、班主任、教授……

让这对新人既尴尬又无法较真儿生气。

被这么多人说出心声，别琼想笑又不敢笑，早就憋出内伤，偏偏十厘米的高跟鞋踩在脚下，站了不到半小时，腿就已经酸胀得要命。

少时，邵小尉突然推说要去洗手间，拉着她闪进了后门。

别琼一屁股坐在水泥地板上，直接甩掉高跟鞋解放双脚，不住埋怨："这也就是为你，回头我结婚时你要是不好好回报，我跟你没完。"

任凭她百般埋怨，平日里说话绝不饶人的邵小尉倒是一声没吭。

她正纳闷儿，邵小尉突然神经兮兮抓住她的胳膊："小别别。"

邵小尉一这么叫她，准没好事。

她没好气地问："干吗？"

"我盼了那么久终于能和戴川结婚，为什么一点儿都高兴不起来呢？"

别琼斜眼看她："刚才谁啊，笑得没边没际的，知道的人清楚您这是结婚，不知道的还以为您海边淘金子呢。"

"亏你还是伴娘，就没看出我在假笑？"

"……伴娘还要懂这个？我不干了，你爱找谁找谁去。"她揉着自己肿胀的脚指头，"要是我结婚，清水的平底鞋！满场跑也丁点儿不累。

再弄个类似于捐款箱大小的箱子，谁爱往里扔多少就扔多少。还站着迎宾，宾客们自己没脚没长眼睛啊，随便找个地儿坐下来得了，摆什么架子，还要人家迎。"

邵小尉的重点显然不在这里，她默默注视着别琼的脚，继而深吸一口气："小别别，我想好了。"

"嗯？"

"我不想结了。"

"……那不能够，您在开玩笑。"

"不，我好像……再没有任何时候像现在想得这么透彻了。高中时跟他谈恋爱，就幻想着能跟他结婚，大家不是都说初恋没好结果吗？好，我一定拿个好结果给他们看。所以，就算这么些年戴川跟多少人暧昧，我没少跟在他屁股后面擦屎，可我还是想跟他结婚。"

别琼叹了口气："好了，亲爱的，咱别闹了，您看小说看电视剧看多了吧？您要是不想结婚，行啊，之前说清楚不就得了，非得等到现在？你走到大厅去看看，你爸妈，他爸妈，都在那儿笑容可掬地跟人挨个儿致谢呢。你不结，他们怎么办？"

她替邵小尉整理好婚纱："你今天这么漂亮，总不忍心让你爸妈走上主席台，说，对不起了，各位嘉宾，请你们去嘉宾签到处收回你们的礼金，小女的婚今天不结了。各位刚才封多少，就拿多少，千万别多拿，结婚倒结出外债来。"

邵小尉急了："你怎么听不懂我的话呢？我说，我现在彻底想清楚了，不想和他结婚了，其他不是重点，听明白了吗？之后的场面如何收拾，难道比我的终身大事还要重要？"

这是邵小尉比她精明的地方，不论局面多么混乱，孰轻孰重，她从不自乱阵脚，总能抽丝剥茧，迅疾地跳出圈外，保持着十万分的清醒。

不像别琼，事情一多，人就先慌。

"他们像是来参加我的婚礼，更像是来看笑话的。想看看，今天、以后，还有什么好戏可唱。可唱了这么多年，我不想给他们唱了。"

"人家就那么随口一说。再说了，这么多年，你和戴川在一起，什么风浪没经历过，这几句话就能把你俩的爱情给埋葬了？"

"并不仅仅是因为这些话。以前我一直觉得想得很清楚，可刚才站在门口迎宾，看着大家一个个走过来贺喜，看到戴川冲我讪讪地笑。电光石火间突然看透，原来这些年与其说我一心想着嫁给他，倒不如说我是想让别人看到我嫁给他。"

别琼歪着脑袋想了一会儿，冷汗渗透全身："你想清楚了？"

"是，清楚得叫我害怕。"

她慢慢地穿好鞋，斟酌着要如何开口。

都说伴娘不好当，她以为只是要帮新娘挡挡酒，大不了，还会被闹洞房的年轻人占些便宜，此前早就做好了各种准备，现在想来，哪有这么简单。

最好开个伴娘培训班。

不但要帮新娘打理结婚的各种细节，还要修一下心理学，主治新娘的结婚恐惧症，说服逃跑新娘放弃逃跑念头什么的。

想到这儿，她拍了拍邵小尉的肩膀："好啦好啦，你要是有些焦虑，我陪你再坐会儿。你第一次结婚嘛，没经验，我理解。"想到姐妹们之前开的玩笑，"你们这对冤家，分开了才怪呢。就算今天这婚结不成，回头离了，等过几天，还不是照结不误？不过，那时候你肯定不像今天这么慌乱，有经验了嘛。"

邵小尉只是默默地看着地面，不发一言。

这些年，分手闹了无数次，或隔天笑嘻嘻和好，甜蜜如初，或分居，跑回家中各过各的生活如同路人，或惊动双方家长上门苦劝，或双方心生厌倦，住同一屋檐下冷战数十天，甚至撞见戴川与同事眉目传情玩暧昧，用指甲抠得他满脸开花……闹得堪比天崩地裂，也始终坚信两人不会真正分开。

似乎，同戴川在一起，同他结婚，同他安安稳稳甜甜蜜蜜过着普通夫妻最为平淡的生活，是她任何时候都不曾怀疑也绝不肯放弃的信仰。

别琼怕时间久了，真的耽误两人的大事，正想干脆直接上手硬拖她回去，突然听到阔别已久的声音——

"小别，好久不见。"

她的身体不由得一僵。

周围的亲朋好友都算上，叫她"小别"的，只有乔磊一人。

"别"这个姓本来就少见，甚至没有列入百家姓前一百位。生她时家里穷困潦倒，又逢爸爸四十岁生日，欣喜异常，盯着她看了很久，说："就叫别琼吧，别琼别琼，别穷呀。能舒舒服服踏实过日子，比什么都好。"

从幼儿园至大学，乃至多年后她参加工作，旁人初听她的名字，多半会惊讶，总喜欢多问两句。更有人故意放开嗓门儿叫出声，一面朝她大声笑。他们喜欢叫她的全名，似乎叫多了，大家也能沾点儿光，同样都不穷。

可乔磊一直叫她"小别"。

她对他的声音太过熟悉，千想万想，没想到他会来。

只得硬着头皮抬起头勉强挤出笑脸："好久不见，"她听到自己略微颤抖的声音，"欢迎你来。"

"也不是很久，"她看到乔磊默默地打量着自己，目光如炬，"四年。"

四年。

他变了太多。

那时他的皮肤很白，带着一种病态。这些年，不知道他经历了什么，肤色已是健康的麦色，像是脱胎换骨彻底变成了另一个人，再不像当年手无缚鸡之力的病小子。浅棕色短发，微卷的刘海儿沿倾斜弧度摆至右侧，刚好衬出他刚硬的脸部轮廓。

似乎也开始懂得怎么穿衣服，黑白条纹的纯棉轻纱T恤衫很适合他，随便搭条牛仔裤已经足够。

见她不说话，他冲邵小尉点点头："恭喜恭喜，新婚快乐。"

邵小尉是个明白人："谢谢。你们俩好久不见，肯定有很多话要说，你们聊着，我先过去招呼大家。"她冲别琼使个眼色，捂嘴偷笑。

"你……"乔磊在场，她不好把话说得太明白，只好含含糊糊地问邵小尉，"你想通了吧？"

"啊？啊！想通了，想通了，你就别操心我了。"邵小尉说完，扬扬眉毛，迈着大步回了礼堂。

乔磊好脾气地笑着，目送她离开。

气氛再次变得古怪。

他的目光停留在她裸露的半个光滑的臂膀上："你，"语气顿了顿，"之前，很少这么穿。"

"都是为了……邵小尉。你知道的，结婚嘛，总要……"她暗暗责怪自己为什么如此不淡定，只怪他的目光一直定格在她身上，太炙热又太坚定。她越发语无伦次，想缓解眼前尴尬的局面，又不知如何开口，只好呆呆地站着。

3

四年前的他，当然不是这样的。

与大家按部就班大三忙着实习、大四毕业不同，乔磊是在大三上半学期主动退学离校的。

时至今日，别琼都不敢问，当年他的离开，到底是不是因为自己。

她只记得，有一天晚上，他突然过来找她。

那天是周六，很多当地学生早早坐校车回家，她和四妞去超市买完零食回来正要进宿舍楼的大门，四妞突然捅捅她的胳膊。

"哎，情圣来了啊。"

她顺着四妞手指的方向看去，站在校宣传栏下、双手插着裤兜、不安地走来走去的，正是乔磊。

她并不喜欢宿舍的姐妹们这样叫他，可惜屡教不改，甚至跟大家急过，未果。只好就这么从了。

走近了，四妞说："我还有事呀，你们聊，先走了。"

说完，嘿嘿笑着跑进了宿舍楼。

这样的氛围让两人更加不安。

"找我吗？"

"是呀。"他的声音局促起来，"我其实是想问问，想问问……"

那时的乔磊瘦极了，像根风吹即倒的竹竿，皮肤白得吓人。

每次见到他，她都像今天这样气不打一处来。

自从升了初中，再没有人像小学时那帮时刻冒坏水的坏孩子一样，有事没事在放学后堵着他，臭揍一顿了。可他还是这样一副气场弱爆、唯唯诺诺的样子，没有一点儿男生样儿。

否则，也不至于逼得小学六年级时，她主动出头，从口袋里抽出早早准备好的水果刀来回挥舞，把被别人用校服裹得密不透风、揍得趴在地上捂着脑袋的他拉起来，狠狠地说："你们再要欺负他，别怪我跟你们拼了！"

不过是十二三岁的小男孩，欺负人拣着软柿子捏，乌泱乌泱地冲上去，仗着人多气势足，连打带踹。真见到拿刀子拼命的人，哪怕是个同龄的小女孩，他们也吓得不轻，愣了一会儿，嗷嗷叫着撒丫子全跑光了。

她不明白为什么他总是一副逆来顺受的样子。从六年级他转学第一次进教室时，她便觉得他不讨喜。低垂着头，像是什么都怕，从不主动同任何人讲话，偶尔被老师叫起来朗读课文，声音细而低，像是设置了静音，几乎一个字都听不清。

很快便有流言传来。

传说他爸爸找了个年轻貌美的小三，刚生下双胞胎男孩，便抛弃他们母子，转移所有财产，移居加拿大。他妈妈自此受了打击，精神有问题。表面上正常人一个，与人说话聊天，再正常不过。可一旦寒暄已过，哪怕那人站在她一米处，她也能迅速进入自己的世界，仿佛设置了他人无法闯入的结界，笑嘻嘻而急促地自言自语，旁若无人。好在她尚能生活自理。风言风语着实厉害，在当地待不下去，他们便搬回了老家。

也许正是经历了这样的家变，听过太多的冷言冷语才导致他的性格至此吧。他的学习成绩极好，每次大小考，从来都是落下第二名几十分。班里的老师可怜他，常带他到教师宿舍吃饭，偶尔还会拿给他几件旧衣服。课堂上又对他赞不绝口。似乎正是因为如此，激怒了班级几个男生，他们私下里商量好，到了周五下午放学，等到下课铃响，老师出了教室，一个人冲上去用校服包住他的头，其他人扑上来一顿猛揍。他们揍得解气了，舒服了，扯过校服，大摇大摆地往外走。

那时老师们都着急回家过周末，办公室里早就没了人。周六日不上学，他们算准了他没法儿打小报告，待到周一上学，一旦他去告发，他们就咬定没有这回事儿。更何况，群殴他的时候早就威胁过他，如果老师知道了，"打得你妈都不认识你"。

他们邪恶地笑。

"不打你，你妈也不认识你吧！"

"哈哈，没事，也许我们多打你几顿，你妈就能认识你了。"

"对，也许你爸还能回来。"

接着他们表演合唱："带着你的弟弟，带着你的后妈，坐着那马车来……"

班里的其他学生多半胆小，事不关己，连热闹也不敢看，早早溜走。他似乎真的从未对家人和老师说起，至少老师那里没有任何动静。那帮男生的胆子因此大起来，发展到后来，一到周五，如同例行公事一般，成了他的挨揍日。

直到别琼看不下去，离开家时，偷偷藏了一把水果刀在书包内，才结束了他历时半年多的挨揍生涯。

她曾经还送给他一副棉手套。有一天轮到他值日，她返回学校拿落在课桌内的作业本时，看到他冻裂、不断渗血的手背，就从商店里买来，偷偷塞到他书包里。

当然无关爱情，她是真的看不下去，总觉不做点儿什么，良心难安。

这两件对她而言无足轻重乃至迅速忘记的事情，似乎让他有点儿受宠若惊。连班级里最迟钝的男生都发现他看到她时，"突然变得很不一样"。

别琼走进教室的时候，他会突然坐得很端正。

上课时老是盯着别琼的背影愣神。

别琼值日时，每节课后黑板上的粉笔字，他跳起来抢着擦干净。

别琼生病缺勤时，他整个人坐立难安。

……

逐渐有越来越多的人开他俩的玩笑，见到两人中的任何一个，起哄叫着另外一个人的名字，继而彼此暧昧大笑，挤眉弄眼。

别琼问心无愧，镇定自若，倒是他像做了亏心事，常常憋得满脸通红，更说不出完整的话来。

终于挨到了小升初，升入市重点，偏又和他分在同一班。

女生早熟，别琼开始格外留意自己的言行，小心同他保持距离。他虽也有收敛，却不过是转入地下。每天早上，她都会从课桌里找到他塞进去的东西。一个红透的苹果、一个大大的梨子、一捧不知名的野花、一束带着麦秆的青色麦穗，甚至是一只通体碧绿、被穿在狗尾巴草上的蝈蝈……

之所以确定是他塞进去的，是因为每次别琼看到后惊讶地在班内搜寻送礼人时，总会察觉到来自斜后方某个角落里沉重的注视压力。

那压力来自他的注视，带着极其沉重的力量，让她如芒刺在背。

回头看他，会收到一个十分胆小的微笑，再偷偷点下头，意思是说，东西是我送的，希望你能喜欢。

别琼在放学路上拦住他，请他不要再送。他以为她怕别人说闲话，只安慰她"你放心，我绝对不会让人知道的"。她暗示了几次，他仍不明白，便干脆打开天窗说亮话。

"我不喜欢你送我这些东西，也不喜欢你，现在你明白了？"

他被逼急了，说话结结巴巴："我是想……是想……说谢谢你曾经为我……我……我也想表达我对你的……对你的谢意。"

"只要你离我远点儿，就是你对我最大的谢意了。"她又说，"你也别把之前的事情看得多么重，就算是只流浪猫、流浪狗，我看到了也会搭把手的。"

也许那天的谈话刺伤了他，她的课桌终于空了，再没有收到任何东西，同样安静的，还有他。

清清静静读完了初中。中考时录取通知书下来，直升重点高中。不知为何，她的第一反应是他有没有如愿。直到报到那天，在高一年级组办公室外看到了分班名单，看到他的名字，她才松了一口气。看到他在隔壁班，她又松了一口气。

也是在那时，她认识了同桌邵小尉，或许也因此，她的人生方向被改变了。

大学时，不知是不是巧合，他同她考入同一所大学。

那时的她，希望他能离自己远点儿，却并没有到讨厌的份儿上，暗地里期望着他能考个好大学，将来有个好前程。

那天晚上。

四妞丢下她，一个人跑回宿舍后，他支吾半天，突然把她拉到路灯后枝繁叶茂的梧桐树下，似乎视线暗下来，他才有说话的勇气。

他问她："你我之间到底还有没有可能？"

这个问题，刚升至高一摸底考试全班倒数第八时，高三她同温沈锐热恋时，大一她和温沈锐吵架吵得最猛烈时，大二她被温沈锐抛弃时……他都曾不合时宜地跑来问过她，得到的都是拒绝。每次拒绝后，他都会消失一阵，没多久又平静地出现，见到她时也会客气打个招呼，仿佛什么都没发生。

这一次，又赶上她的心情格外不好，早上起来登录QQ时意外发现温沈锐改了QQ签名："老婆会武术，我也挡不住。"

像是瞬间被闪电击中，电流穿透四肢百骸，动弹不得。

一直以为她和温沈锐之间，即便分手，也还有些故事没有讲完。她期待着有那么一天，他能朝她走来，用只有对她说话时才独有的温柔语气说，小琼，对不起，都是我的错，我是因为×××××××才不得不压抑对你的爱，违心与你分手。求你原谅我，再回到我身边，好吗？

这个因为"×××××××"的理由，她曾经替他想了上千遍。

家人希望我以事业为重，在他们的压力下只好与你分手。

其实是我得了重病，不想拖累你。

你妈妈曾经找过我，觉得我们不合适，希望我能同你分手，让你安心毕业。

……影视剧里不都是这么演的吗？男主角强行与女主角分手，总有着各种各样不得已的理由，但其实他是爱她的。

他同她分手，其实是为了她好，是为了他俩的前途着想。

眼下的短暂分手，是为了将来能够更好地在一起，过上幸福美满的甜蜜生活。

所以，即便与他分手一年多，她一直活在童话般的梦境里。

在那里，她可以自由地遐想，他们还在一起。

可是这个QQ签名仿佛魔镜里突然伸出来的一只手，拉她进入现实世界，似告诉白雪公主的后妈"你不是这个世界上最漂亮的女人"般告诉她，你已成为过去式，眼下，人家有亲密女友，亲密到可以如此打情骂俏。

她在床上木头般躺了一天，四妞看不下去，拖她逛超市，他又不识相地跑来找她。

似乎每次告白，他都来得特别不是时候。他像是算准了她心情不好，于是倒霉催的偏要跑来找她。

她积攒了一天的怒火终于找到发泄的出口。

像是有人竖了一面大旗，上书"老婆会武术，我也挡不住"在她头上来回挥舞，不知死活的乔磊又闯过来，似掏出一个打火机，"啪"地点燃这面大旗，带着火星的碎屑噼噼啪啪地落下来，燃着了她的头发。

噼噼啪啪。

噼噼啪啪。

她一把推开他，觉得不解气，又使劲儿踩了他的脚，见他疼得咧嘴，直皱眉头，终于抛出了最致命的一击——

"我说，你！"她气呼呼地看着他，说话一字一顿，"能——不——能——找——个——你——配——得——上——的——人——喜——欢？"

Chapter 2 ____

朋友说，在行驶的公路上，如果你刚出发没开多 ——
久就撞上红灯，那么接下来的路程，你讲处处遇红
灯。

不论前车如何万马奔腾般呼啸而过，到你这里时
就别指望后面的路程绿灯闪烁，一路畅通，更别妄想
加大油门强冲过去。

到你这里是红灯，就得认命。

1

　　麦城最近几年的交通，堪比情侣间脆弱的感情。

　　周一至周五的十二点至下午两点，是情侣的热恋期，柔情蜜意顺风顺水，处处畅通无阻；周二至周四的其他时段，则是七年之痒相看两生厌的老夫老妻，刮点儿风，下点儿小雨，天气太热，或太冷，随便有点儿什么小问题都可引爆二人的坏脾气，瘫痪到底。

　　至于周一至周五的其他时段，是忍无可忍、积怨已久、濒临离婚、正在摊牌、相见分外眼红的仇人——随时随地都是爆发进行时。

别琼不禁苦笑，自己居然还有心思想这个。

今天是周五，同亚盛集团签合同，蒋园长——她的顶头上司蒋晓光，昨天晚上特别发短信提醒，要她别迟到。她当然不敢疏忽大意，上了两个闹表，五点多的时候天刚蒙蒙亮，她记挂着这件事，哪里还睡得着，索性起床洗漱。换好衣服，重新检查包里的资料，反复看过确认无误后，特意提前一小时出门。

没想到全城大堵塞，出租车似乎开到某个不为人知的地方躲起了活儿，跳了几次红绿灯，有几辆驶过来也是载着客。偶有三四辆空车驶来，可堵成这样，司机压根儿不停。别琼掏出手机看时间，站在马路上挥得手都酸了，急得暗暗跳脚。盼星星盼月亮般，等来一辆车窗前闪着红色小霓虹灯的黑车凑过来，张口漫天要价，是正规出租车费用的三倍。她犹豫着，却不知从哪里窜出来一个秃顶的中年男人，拉开后门一屁股坐进去，一溜烟跑了。

眼见打车无望，别琼一路小跑到车站挤公交，直达地铁的公交车过去了三趟，黑压压不顾死活的人们如同攻占一个堡垒般，只管往前冲，她几乎是被挤上公交车，一路双手紧抓着扶手摇摇晃晃，到了地铁站，又被挤下车。

随着人潮下了地下通道，这才发现……包呢？

钱包、身份证、银行卡……唯一幸存的，只有她紧紧攥在手里的移动电话，因为担心迟到，她一直频频拿过来看时间。

"死了死了。"她急得要哭出来，给蒋晓光打电话，彩铃从头听到尾，一直没人接听。

顾不上了，挂失银行卡要紧。这么想着，她闪身进了路边的招商银行。等办完各项手续出来，发现手机有两个未接电话，还有一条新短信，正是蒋晓光发来的——

"亚盛集团临时有变化，等你回园区细聊。"

别琼在麦城当地刚刚成立三年的一家幼儿园工作，该幼儿园以西方教育体系为主，是"向阳花"教育机构旗下多家幼儿园分区之一，别琼的职位是园长特别助理。

蒋晓光的脾气全园区公认地好。幼儿园里好几个新入职的女老师，每次见到别琼，都羡慕她跟了个好上司，都是年轻人，私下里聊天异常欢乐。

"'福利'有没有女朋友？"她们私下里叫他"福利"。

"谁要是她女朋友，啧啧，幸福得要死。"

"从来就没见他瞪过别琼一眼。"

"哪像我领导，"压低声音，"昨晚都十一点多了，还打来电话大骂我一通，不就是交的方案里写错家长名字了吗？"

"还敢说。让你写爱神班小朋友的入园变化，王家李家最基础的都不分，骂你都是轻的。"

"拜托，我是新来的，才一个月，让我慢慢适应，好吗？"

"别琼，你和'福利'该不会……"

她们嘿嘿笑："你不会近水楼台先得月吧？你说，你这么漂亮，什么人遇不到啊，是吧？再说了，办公室恋情很危险哪，尤其是上下级关系，搞不好连工作都丢了。"

嘴里说着不好意思，笑眯眯，脸皮厚厚，毫不客气地忽悠她："让给我们嘛。"

别琼啼笑皆非："哪用让，蒋园长才看不上我。"

"那说好喽，"就等她这句话呢，"既然没可能，他的各种情报你可要给我送过来呀。"

"我也要，我也要。"

"是呀是呀，就指望你了。"

……

每次路过这帮花痴女同事的工位，别琼总要被大家拦住这样问东问西。

蒋晓光是幼儿园里口碑极好的钻石王老五。幼儿园里女教师居多，好不容易今年特招了十几个男老师平衡，大半却已婚，剩下的一半平均分成三等份——三分之一隔三岔五换女朋友，三分之一长得过于歪瓜裂枣，三分之一……性取向不明。

蒋晓光是这剩下的一半中唯一长期单身，长得风采卓然且性取向非常明确的阳光男。

一米八五的海拔使他轻易地从几个单身男老师中脱颖而出，一副女人也妒忌的好皮囊更让不知道多少女教师集体迷了心窍。男人的皮肤一向粗糙，毛孔大，他却像是被去掉所有瑕疵的艺人宣传照，让人忍不住想要捏捏那无瑕的脸，到底是真是假。为人呢，亲和力极强，虽然是空降而来，但从未曾见过有任何人私底下不服或者发牢骚。做事没一点儿架子，无论跟谁说话，都客气得很。

确定性取向——异性恋，是因为公关部的关嘉嘉有一次找他签字，没敲门就闯进去，看到蒋晓光手里拿着一个相框喃喃自语——

"聂双。"

见她进去，手忙脚乱把相框扔进旁边的抽屉里。

关嘉嘉假模假样地上前找他签字，目光却直直看向没有关紧的抽屉。相框里的蒋晓光和一个留着清爽短发的女生正彼此对视，亲昵地头顶头。

蒋晓光看向女生的目光炽烈，再迟钝的人也能看出他在热恋。可是女生……虽然也在看着蒋晓光笑，可那笑容，总让人觉得是一种异样的悲伤。

落寞得很。

关嘉嘉想，又没见他光明正大摆放过这张照片，又从不见他与任何女生约会，那必定是昔日恋人无疑。

聂双还是聂爽？真是个奇怪的名字。

有关他的外号"福利"是这样得来的——

还是这个花痴关嘉嘉，吃完午饭回来在楼道里遇见蒋晓光，某个侧面看上去，她发现，他同自己手里抱着的时尚杂志封面上的林志颖照片极像，冲出去就广而告之。

午休时间已过去大半，园区小朋友们早就在隔壁楼的睡眠室熟睡，有几个顽童在大厅里跑来跑去，被后勤园长和几个女老师哄上床。关嘉嘉先是在群里发微信嚷了几遍，接着又发微博，有图有真相，还把几个平日里对蒋晓光虎视眈眈的姐妹召集起来，围在蒋晓光办公室的外面，她跑去敲门。

"蒋园长！"

办公室里静悄悄的，像是并没有人。

关嘉嘉正想再喊一遍，突然听到关抽屉的声音，接着是蒋晓光压低的声音。

"请进。"

她忍住笑："您出来一下好不好，人太多了，进不去。"

外面早就笑成一片。

蒋晓光纳闷儿地走出来，关嘉嘉迅速站到旁边，举着杂志封面让大家看——

"像不像，像不像？"

"哇！"惊呼声、叫好声、起哄声，恨不得掀翻屋顶。

"请问蒋园长，身为当事人，你是怎么保养的？"

蒋晓光被众女同事包围着，好半天才弄清楚状况，哭笑不得地挥挥手："别闹了啊，大小姐们，两点多了，午休时间结束了。"

"那等下班了，是不是可以随便闹？"

"……"

哄笑声惊动了走廊另一头主管幼儿园运营的张董，他老人家默默站立看了一会儿热闹，居然笑眯眯地说："你们以为我招蒋晓光过来，真的是因为他的能力？错！完全是因为他的美色！"

已经无法用语言来形容现场的氛围了。

张董又说："我这么做是为了谁？还不是要给你们发福利！"

最后逼得蒋晓光索性也豁出去了，站在椅子上："谢谢各位姐妹的厚爱，要不要我走两步啊？"

"走两步！走两步！"

关嘉嘉也自告奋勇："我和你一起来。"

大家迅速让出过道的位置。

一对璧人从这头走到那头，职业模特走秀般走了两个来回。关嘉嘉之前做过专业车模，一路带着蒋晓光摆出各种pose（姿势），惊艳全场。走至台前时，突然飞速转身强行拽下蒋晓光的宝蓝色针织开衫，露出里面贴身的白衬衫，将走秀推上高潮。

张董离开的时候，不忘拍蒋晓光的肩膀："福利同学，年轻有为呀！"

至此"福利"在全幼儿园叫开。

唯独别琼不敢。

蒋晓光再平易近人，终究是她的领导。有时候，正是因为这样，反而更让人警惕。

在他手下工作了一年多，他从来没有说过一句重话，可他不说重话的时候，比其他同事的领导拍桌子、摔本子还要让她紧张。

……

"一袋酸奶，一根玉米。"

早餐亭前不论什么时间段都有人排着长龙，此刻排在第一位的男士一边交钱，一边用异样的眼神打量着旁边陷入沉思的别琼。

她醒过神儿，已经是上午十点半，匆匆回了短信，正要坐公交车回去，"叮"的一声，又有一条新短信。

"小别，晚上一起吃饭，下班后我去你公司接你。乔磊。"

不知道乔磊的手机短信是设置的自带签名，还是他每次都要署上自己的名字，独独这样对她，怕她忘记他的存在，需要刻意反复强调。

这么多年，他到底是怎么算好的，每次出现，一定要拣着她倒霉的时候、运气不好的时候，甚至是痛经痛得直不起腰说不出话的时候？

她想起那天邵小尉和戴川闹哄哄的婚礼。

2

同乔磊久别重逢，就算曾经有过再多的不快，就算真如此前同学所说，乔磊退学同她的拒绝有着直接的关系，但至少别琼觉得，不论何时她与乔磊相见，都不应该是仇人。

这些年，经历了那么多的人和事，再见到当初曾在她面前唯唯诺诺的少年，她突然如梦初醒，换作自己，要有怎样的勇气和执念还肯继续来见她？而他，从来不欠她什么，并不能因他爱慕着她，她就有了随便对待他的权力。

邵小尉走后，她鼓足勇气说道："本来有挺多事问你的，可今天是小尉的婚礼，咱们改天再聊吧。"

他欣然同意："今天我确实只是特意来参加婚礼的。"

两人交换了手机号，返回大厅，她被新郎官戴川一把拽住："别琼，小尉呢？找你半天了。客人们都等着呢。"

"她早回来了。"

"没有啊，刚才她说觉得婚纱不合适，想让你帮她调调，人呢？"

她想起邵小尉的话，心猛地一沉，翻出手机边拨号码边问："打她电话了吗？"

"打了，关机。"

确实是关机。

可是，等等！有小尉发来的一条未读短信——

"别琼，我走了，请帮我收拾残局。当初为了让戴川同意跟我结婚，我找医院的朋友做了个假的孕检单。他们家三代单传，我知道他父母想要孙子，想很久了。一会儿你回去，顺便告诉老人家真相吧。"

看看时间，正是她离开后自己同乔磊说话的时候。

脑子嗡嗡响，是先找戴川说清楚，还是先同邵小尉的爸妈打个招呼？

乔磊跟过来，看出她的异样："怎么了？"

她把手机递给乔磊看。

深吸一口气，转向戴川："呃，那个，戴川，可能……可能有点儿情况，一会儿不论我说了什么，你都要挺住啊。"她吞吞吐吐，不知道要如何告诉他。

是邵小尉坚持要他穿白色新郎礼服，为此她还特意去台湾定做的。

今天来的男人，来一个算一个，没有人比他帅。

"没事，你说。自从跟她在一起，还有什么是我不能承受的？"他冲站在后面的乔磊挤挤眼睛，"就算你现在告诉我她逃婚了，我都不带眨眼睛的。"

既然他这么说，别琼干脆豁出去："好吧，那你别眨眼睛。"

"什么意思？"

"她……那个……说觉得你俩好像不是很合适……所以，让我告诉你一声……咳咳，她有事先走了。还有，她怀孕也是假的，你知道的吧？"

她已经不敢再看戴川一眼。

偏偏清清楚楚地听到戴川松了一口气。

"嚯！"

这声音，像是调皮的孩子终于躲过了严厉的父亲一顿毒打，既如释重负又带着些许欢快。

她着实难以置信："你……"

他已经不打算掩饰，尴尬地笑笑，又松松领带："这样也好。我还想，如果今天她想不通，我只能等着哪天婚后她突然想通，再去离婚。"

大厅里喧闹的人群像是都与他们无关。

"本来打算今天摆酒后，明天再去登记。还好，她明白得不晚。"

……这到底是一对什么冤家？

怎么可能分分合合纠缠这么多年，又上演今天这样一场好戏？

别琼为自己之前担心戴川过于愤怒和悲伤无法承受而感到羞愧。

她可不愿意陪同戴川过去逐一向人群解释，她是伴娘，新娘已经闪人，她可没有理由留下来。

"戴川，既然这样，那我也先走一步了。"

戴川似乎没听到，双手向上展开，伸了个大大的懒腰，全身似乎充满了能量般大笑了一声，接着喊道："来吧来吧都来吧，这才刚开始！"

别琼默默在心里骂："神经病！"

乔磊站在身后，一直不动声色地听着别琼和戴川的对话，这时才说："我送你。"

只要能离开这个是非之地，管他什么人开的什么车。

她如蒙大赦，连连点头："好。"

别琼对汽车品牌了解甚少，神经大条的她只知道自己上了一辆灰色越野车。柏油路上车水马龙，她也就认识三五个汽车标志。只觉得看上去应该价格不菲，心里暗暗想着，他哪里来的这么多钱，看来生活过得还算不错。

她坐在后座，因不想同他对视，微微低着头，她想打破沉默，却连没话找话说的勇气都没了。

——那晚是乔磊对她的最后一次告白，也是她历年来拒绝他时说过的最狠最绝情最后悔的一句话。

当时乔磊牢牢地看着她，脸色煞白。

连她自己也意识到过分的时候，乔磊慢慢往后退了几步，紧抿着嘴唇，拳头一点点攥紧了又松开，松开了又一点点攥紧。

她第一次在他面前觉得恐惧，可这恐惧里，连她自己也说不清楚什么原因，隐隐地又有点儿兴奋，像是她童年时期哀求了那么久，终于在过年时得到了烟花。满桌的年夜饭顾不得吃，早早叫上小伙伴，点燃长长的檀香，因为害怕，伸长手臂站得远远的，可是那根烟花啊，左点不着，右点不着，看得周围的小伙伴只说是哑炮，要她甩手扔掉。

同伴们渐渐远去，只剩下她一人守着这支哑炮，隔一会儿，伸出檀香去点一点，慢慢没了耐心，丢在墙角。

时不时想起它，依然忍不住有着想要再次点燃的冲动。

骨子里坚信它绝不是哑炮，一定有什么原因，让它现在暂时燃不着；一定会燃着它的信念在心里扎了根发了芽，时刻敦促她：嘿，终有一天，我会让你们看到绚烂缤纷的花朵在夜空升起——噼！啪！

可是她再次失望。

乔磊很快恢复了正常，只是用别琼几乎察觉不到的声音长长地、长长地叹了一口气。

"唉……"

女生宿舍楼前，四妞探头探脑，在打探这边的动静，目光与别琼的目光相撞，吐着舌头又缩回去。那些穿得花枝招展的女生，正提着零食水果袋子进进出出，有小情侣在楼门前拥抱热吻舍不得离去，刚刚分开的情侣女生一步三回头，男生把手做成话筒状放在耳边，示意回到宿舍就马上打来话……

她倒是想知道他还要怎么做，索性睁大眼睛，凝视着他。

他吓得不轻。每每两人的目光相遇，第一个别转脑袋移开视线的，一直都是他。

"小别，我……我走了。再见。你……"他结结巴巴的，"你多保重。"

第二天，四妞上完全院的公共大课回来，宣布了这条新闻。

"退学了，听说是他姨妈从纽约回来，要带他们母子俩走。"

是真的走了。

直到这一刻，再见到他。

车里的收音机，正播放着马修·连恩（Matthew Lien）的《布列瑟农》（Bressanone）：

Here I stand in Bressanone

With the stars up in the sky

Are they shining over Brenner

And upon the other side

You would be a sweet surrender

I must go the other way

And my train will carry me onward

Though my heart would surely stay

Wo, my heart would surely stay

Now the clouds are flying by me

And the moon is on the rise

I have left stars behind me

They were diamonds in your skies

You would be a sweet surrender

I must go the other way

And my train will carry me onward

Though my heart would surely stay

Wo, my heart would surely stay

……

这曲子空灵、缥缈，有着抚慰人心的力量，演唱者略带沧桑的男声，让人几乎产生自己正躺在风吹稻花香的村庄里的错觉。

头顶上方，星空正闪烁。

汽车平缓地全速前进。

别琼问："过得好吗？"

"还好。"他将音乐声调小，"如你所见。"

"阿姨好吗？"

"基本上好了，但想让她在纽约静养。"

她笑："真好。阿姨是个好人，到现在我还记得小学时她看见我就笑，偷偷往我裤兜塞青枣。"

"还有这样的事？"他似笑非笑，"这我可不清楚。"

"否则你觉得我当时拼了命拿刀去吓唬别的小孩，是为了什么？还不是因为你妈妈花钱雇我？"

若不是念着当年这份"恩情"，他才不会容忍自己那般粗暴无礼地对待他吧？

他仿佛还没适应她突然将当年的那些事拿出来随意调侃的节奏，等明白过来，回头看着她，眉毛扬得高高："看来我不在的这些年，你变了很多。"

"如果你是说我今天穿的小礼服，我也只好承认。如果你说的是我现在对你的态度，好吧，我都承认。"

汽车停在别琼家楼下，有陌生来电，她边说"那我们改天见吧，我先接电话"边下车。哪怕是保险公司打来的推销电话呢，她都想拉着对方聊上一小会儿，只怕乔磊要说"我能上去聊会儿吗"或者"不然找个地方坐坐"。

在车上的二十多分钟，已经用光了她所有的勇气和魄力。

朋友说，在行驶的公路上，如果你刚出发没开多久就撞上红灯，那么接下来的路程，你将处处遇红灯。

不论前车如何万马奔腾般呼啸而过，到你这里时就别指望后面的路程绿灯闪烁，一路畅通，更别妄想也许加大油门能够强冲过去。

到你这里是红灯，就得认命。

别琼站在楼道前的窗户旁，看着乔磊的车在她家楼下停着，似乎并没有开走的迹象。

五分钟、十分钟，终于，他离开了。

别琼舒了口气。

管他前面是红灯还是绿灯。

只要忍耐片刻，确定你要去的方向，绿灯总会等来。

3

邵小尉去东南亚躲避逃婚风头，回国是在一个半月后，刚踏上祖国大地的她回了一趟家，就急急约别琼出来。

在别琼办公楼旁边的茶餐厅吃饭，小尉很风骚地穿了件东南亚风情的沙滩长裙，蓝色小花瓣挂脖露出大半个光洁的后背，生怕别人不知道她从国外回来，嘴里一劲儿往外拽英语单词。

"还是祖国的饭好吃！我跟你讲，泰国菜就是甜辣为主，你看看你看看，"她把舌头整个儿吐出来，说话含混不清，"舌头颜色都变了，简直都想抛弃我自个儿回来。"

街坊们传至街头巷尾的风言风语、故事传奇里，自己居然不是主人公，邵小尉感到非常失望。

"你听听去，他们在说什么？某某官员贪污几千万被判无期徒刑了，某某女汉子遭遇色狼主动配合终于在保安的协助下扭送色狼去派出所啊，什么美娇妻裸游吸引他人视线，丈夫趁机行窃啊……他们有没有考虑过我的感受！"

"您的感受？"

"对啊，见到我，没有一个人问：小尉啊，你去哪里了？"

"你爸妈呢？"

"俩人气得出国旅游去了。我都回来了，人家老两口还没回来，说没我这个不孝的女儿，跟我闹绝交，到现在打电话都不接。"

"……你们全家在躲避风头这件事上，真是出奇地一致啊。你总不能期待着他们敲锣打鼓庆祝你逃婚吧？"

"……滚！我是说周围邻居，看见我就点个头，一句多余的话都没有。"

别琼忍住笑："是不是应该请各大媒体的记者过来，给您开一个新闻发布会？顺便在第一时间连线戴川，问他的感受？"

穿着工作服、戴着黑色领结的服务生端来两杯丝袜奶茶，一凉一热，分别放在邵小尉和别琼面前。

邵小尉是真的渴了，喝下去多半杯才反击道："那倒不用。我又不是抓住一切机会炒作的三流明星，想红想得快疯了。"

"那你图什么？当事第一女主角的瘾没够？"

"我可听出来了，这么半天，你可一直揶揄我。人家戴川都没你这么愤愤不平。"

"那你到底想怎样啊，姐姐，我一会儿还得去上班呢，不像您，逃婚逃的，工作都辞掉了。"

逃婚的代价当然不限于此。

"我就是觉得，"邵小尉的声音突然低下来，"不论多么严重的事情：天要塌下来，窒息快要死去，泰山压顶般深陷僵局……只要不是发生在自己身上，就没有人真会在意。"

"老祖宗早就总结过，事不关己，高高挂起。你呢，逃婚后才有了这么痛的感悟？"那天的烂摊子究竟烂成什么样，别琼已经不想向她一一复述，"能下那么大的决心逃婚，倒在意这些小破事。"

不仅她一个人避风头。

戴家老头儿气得住院，以为再过几个月就可以抱上孙子，不想鸡飞蛋打，出门被人指指点点，还上了电视台的社会新闻。连十几年不联系的老战友都打来电话亲切慰问。

老太太一怒之下，跟人换了房子，全家搬到龙华区，新邻居新菜市场新居委会新老年舞蹈队……成功打入群众内部，跟着众人指手画脚怒斥那传说中不负责的小媳妇，以及同情如此家门不幸的老头儿老太太。

唯有戴川，每天无事人般嘻嘻哈哈上班去，高高兴兴下班来。周末与同事把酒言欢，隔三岔五有女同事打电话，声音嗲得直叫老太太无法忍受，直接挂电话。

老太太小心试探："要不要我们给你介绍个女孩，你三姨的邻居的女儿，刚从德国回来……"

他斜斜眼睛："妈，我们公司的我还应付不过来呢，您消停会儿吧。"

"你可别因为受了刺激，祸害别人家闺女去。她们再主动送上门，你也不能占便宜。"

"妈——瞧您，都说到哪儿去了，"这下急了，"我还是不是您亲儿子了，再说，现在的女孩，一个个都精着呢，大家不过是一块儿吃吃饭唱唱歌，谁肯随便叫别人占便宜。"

听着这话在理，老太太放心了，又问："你这几天到底是装出来的潇洒无所谓，故意演给我们看呢，还是真的这么快活，把之前的事都放下了？"

老太太还挺会用词。

"说心里话？"

"嗯。"

"老实说，就是开始有点儿吓一跳，没想到会这样。可我俩从高中谈恋爱到大学，这么多年，小尉看得那叫一个紧，我压根儿就没怎么接触过其他女孩子。现在完全是自由人了，妈，你不知道我多快活。"

"原谅我这一生不羁放纵爱自由，"戴川双手插裤兜唱得好快乐，"也会怕有一天会跌倒，背弃了理想，谁人都可以，哪会怕有一天只你共我……"

老太太觉得自己的儿子不像是装出来的，不知从哪里要来别琼的联系方式，一句一句复述给她听。

别琼想，老太太真老谋深算，这是要她有机会讲给邵小尉听。

像是受了领导委屈负气辞职的上班族，被恋人误会，受尽屈辱，不论对方如何解释都要坚决分手的小青年，年轻气盛，如此尽心、决绝，不过是为了有一天时间如梭，用铁一般的事实反击，全都是对方的错。

带着恨意和即将可以报仇雪恨的快意，一一讲述给她听。

可惜老太太不了解别琼。

她从不是喜欢传闲话的多事女生，更何况事情已然如此，多说无益。

"小尉，说点儿正经的。接下来，你打算怎么办？"她问。

"能怎么办？"邵小尉喝光了奶茶，吸管发出吱吱的响声，"做个美貌无敌的交际花，找工作找男人，电视剧里怎么说的，把幸福生活过得像花儿一样。"

别琼琼磨了一会儿，老老实实回答："这的确是你唯一的长处。"

她哧哧地笑，突然想起什么，收敛起笑容："你猜，我在泰国接到谁的电话？"

"听这意思，不像是戴川的电话。"

"以后这个人呢，就是我彻底的前任了。我希望你不要动不动就把他挂在你的嘴边，除非你想收了他，好吗？不过，真不好意思，我也提提你的前任，打电话的正是温沈锐。"

她看着邵小尉，摸不清她到底是不是在和自己开玩笑。

眼下，她可没有好心情同邵小尉玩哑谜。

上次没去成亚盛集团，她回到园区，听说蒋晓光紧急出差，要陪同张董去新西兰的几家幼儿园交流学习。

临走时，他给她发了微信，布置了一堆业务。

重中之重是要求她与亚盛集团的CEO见面，最次也是与他的秘书建立好关系，全力推进"向阳花"幼儿教育机构同亚盛集团的合作。

之前"向阳花"已经同亚盛集团的金总谈好一切条件，上周本来是要去签订合同，不料对方突然换了新的接班人，打了他们一个措手不及。公司所有项目都停止了，从上到下，除了保洁员，全部大换血。

她一个小小的运营园长助理，哪里来的门路跟人家刚刚上任的CEO见面。至于秘书，她每天除了休息时间，几乎全天都在给她打电话，好嘛，人家压根儿不接。

直接去公司找她，不知道吃了多少次闭门羹。警卫像是怕她偷东西似的，眼睛几乎长在她身上，好话说尽，也只是木着一张脸说："对不起，小姐，您没有预约，这是我们的规定。"

一周过去，一点儿进展也没有。

昨天晚上十点多收到蒋晓光的微信，说今天下午一点飞机落地，两点与她开会谈谈亚盛集团的合作。

谈什么？

一周的时间里，她推掉了所有的聚会，乔磊约了她四五次，连"你连单独见我的勇气也没有吗"都说出来了，她仍没能赴约。

烦得很。

除了实在无法跟蒋晓光交代，更因为她爱极了这份工作。

两年前大学毕业，找工作时本来想同自己的专业"新媒体艺术系"挂钩，随便找个设计公司做美编，简历不知道投出去多少份，石沉大海。倒是"向阳花"伸出橄榄枝，也许是看中了她简历中的外联能力，或者是她自考了学前教育专业？

读大一时，还没同温沈锐分手，她就花痴地非要报考自考的学前教育专业。

邵小尉听说的时候，抓她过来扒着她的头皮看。

"看看你的脑子里是不是被哪家无良医院不小心换了块海绵进去。"

"哪有。"她一点儿也不知道害臊，"我是想，毕业后我肯定是要和温沈锐结婚的。到时候生了宝宝，好带嘛。"

邵小尉撇撇嘴，不住嗟叹："天哪，你被温沈锐吃定成这样，将来哪里还有什么地位，哪里有什么话语权。"

当时，她只顾幻想着两人生出的宝宝必是天使般的模样，脸蛋儿红红，嘿嘿傻笑，哪里听得进去邵小尉在说些什么。

结果不幸被邵小尉言中，大二时温沈锐单方面强行同别琼分手，小丫头想尽办法复合，终是未果。

可这一年只能考两次的全国自考，她已经过了八科，不忍放弃，只好继续考下去。

原以为这会是温沈锐留给自己最痛苦的回忆，现在想来，倒是成全了自己现在的工作。

大学入学时他们这一届扩招最厉害，当年毕业生数量超出往年21%，就业压力尤其大。听同学讲招聘会上人山人海的盛况，她连去的胆子都没有，索性有一搭没一搭地在网上投简历。但凡觉得有些可能性的，就鼠标一点丢出去。

最后投了多少份，给谁家投，一丁点儿印象都没有。

想必企业方也收到了海量的简历，零零星星肯打电话过来约面试的，不是保险公司，就是骗人的黑中介。

除了"向阳花"教育机构。

当然，做个幼儿园老师也不错，可"园长助理"算是怎么一回事儿，她并没想过要做行政工作啊。

面试的那天在走廊里等叫号。

乌泱乌泱的人群从三楼排到一楼，就这样刚刚初具规模的幼儿园已经夸张成这样，她哪里还敢像其他同学那样幻想什么世界五百强。

从下午两点等到四点半，依然没有轮到她，不耐烦地跑去隔壁教学区透气。刚好看到幼儿园大门前围满了接孩子的家长们。

在大门的最右方，隔着高高的大铁门，某位家长似乎正在和幼儿园老师沟通家中小朋友的情况。

"杨老师，我家小奔睡午觉了吗？"

铁门内的年轻女老师柔声说："小奔中午没睡。他还在吃饭，一会儿下来。请您等一会儿。"

铁门外的妈妈似乎有些不太满意，深深叹口气，说："杨老师，小奔中午不睡午觉的话，太累，小孩子精力跟不上，很烦的。这几天他一直不在幼儿园睡午觉，回家就开始闹，哭了足足半小时闹觉，无论我说什么，他都反着来，做什么都不干，直到哭了半小时慢慢哭着睡着了。"

"今天我们两个老师轮流陪他睡觉，可是他说不困呢。"

"那这样吧，再进睡眠室，您把睡觉的指令由'请你躺下来'改为'请你闭上眼睛'，这样反复重复，只要坚持十秒以上，他就能睡着了。"

别琼在旁边看着，不禁微笑。

知子莫若母，还是妈妈有办法。

别琼以为接下来这位杨老师的回答一定是"好的，谢谢，下次我们试试"之类，但并没有。

杨老师脸上显出十分为难的样子："很抱歉呢，小奔妈妈，小朋友自己有权决定是否睡觉，我们要尊重他的选择。只要他进了睡眠室，不影响其他小朋友，不大声喧哗，就没有关系。如果我们强制他睡觉的话，他会对睡眠室产生恐惧，以后就再也不肯进睡眠室了。"

看来，这位妈妈和别琼一样受到了震动。

"是这样啊，好的，我明白了，非常抱歉，我不该提出这样的要求。"

"没关系的，请您不要担心，小奔新入园，会慢慢适应的。我们不要给他压力，您更不要太焦虑，慢一点儿，慢有慢的好处。"

……

小时候因为在幼儿园不睡觉曾经数次被罚站，不知道有多大心理阴影的别琼从教学区回到面试楼层，多日来只有这一个面试电话的沮丧和悲观全部烟消云散。

身体里的血液开始咆哮如万马奔腾，像是刚刚被骗加入传销组织的年轻人，坚定地学着同伴举起宣誓的右手，对自己有朝一日会成为千万富翁没有一丝怀疑。

燃烧吧！

沸腾吧！

响彻她脑海的，声声灌耳的只有一句话：

"无论如何，我都要在这里工作。"

【 如果你曾奋不顾身爱上一个人 】

Chapter 3 _____

这感觉就好像，攀越顶峰的大部队出现了两个掉 ————
队的人。其中一个时而分心，攀登一会儿便想要下山
转转，而另外一个觉得这个人有趣，有时候也跟上来
凑凑热闹。

1

蒋晓光从新西兰考察刚回来，直接召开中高层会议。

别琼坐在他的斜后方，看到穿着黑色西装的他满脸疲态，正一手松领带，另一手端起茶杯慢慢喝着，好脾气地听着公关部的同事——绰号"大喇叭"的周游胡说八道。

"众所周知，亚盛投资集团从2010年成立伊始，每年以投资总额超30亿以上呈井喷式的规模增长，不到一年时间，迅速蹿升至国内风投前二十，该集团的掌门人在业界一直是个谜。"

"这些我们都知道,你能说点儿大家不知道的吗?"拓展部的玛丽一向快人快语。

早在亚盛初步敲定同"向阳花"合作之初,大家动用了各种资源、人脉打探情报,可亚盛一向低调,只得到这些少得不能再少的资料。

"大喇叭"故作神秘状:"你们知道吗,有人说亚盛掌门人是美国地产大亨的私生子,也有人说他发迹于中东,更有人传说他与俄罗斯石油大亨有着非同一般的关系……"

哄堂大笑。

"真的假的?"

"别逗了。"

"你们别不信,听我说呀。我找我一个富二代朋友问过了,人家说这次新上任的亚盛集团老大,""大喇叭"把手弯成半弧状,似在跟大家说悄悄话,不能声扬,又似高音喇叭,恨不得满世界嚷嚷,"是某全球排行前三十的富豪最近刚刚认的干儿子。他老妈,啧啧,刚刚做了人家的小,为了讨好这小老婆,随便把自己旗下一个小集团的CEO换了。"

"小集团?每年那么大手笔,亚盛什么时候成小集团了?"

"所以说啊,根本没人知道亚盛的真正后台是谁。"

"才不是,之前的CEO罗伯特根本不是什么好鸟,咱们见过几次。看看他那样儿,听说就是一个二世祖,吃喝嫖赌什么都干,投资出去的资金多半打了水漂。上头早就有换他的意思。要不是他的副手扶持,亚盛的风投哪能轮到我们?"

大孙看不下去了:"拜托你们专业一点儿,你们又不是狗仔队,闻着哪里有八卦的味道就往哪里奔。"

"狗仔队也是很专业的,好不好?那些明星嘴里急着否认的,没过多久真相浮出水面,80%以上都是真的。"

——聊得越来越没边了。

所以说，开会这项在中国十分普遍、频率又格外高的群体活动，不过是为了证明"人多意见杂，人多效率低"这个真理。

当初亚盛集团这个项目是蒋晓光的前任直接谈的。蒋晓光接手没多久。

两年前，在国外生活多年的张董与两个兄弟共同出资，在麦城成立"向阳花"教育机构，之后迅速在广东、北京、浙江、江苏、上海等省、直辖市陆续开分园。仅仅是麦城这样一个省会城市，就已经建了五所幼儿园分园、一所小学。

大量的资料证明：三至七岁是孩子习惯、性格、品行培养与定型的关键期，是儿童身心发展的关键阶段，这个时期幼儿所处的家庭环境、生活环境、学习环境如何，将会给一个人带来终生影响。一个人成年以后的价值观、性格气质、行为取向等，背后的动机往往跟童年的经历有关。幼儿教育逐渐引起中国年青一代父母的高度重视，老一辈"吃饱了不饿不哭不闹"的几乎为零的教养模式已被慢慢抛弃。

近几年，尤其是日本作家黑柳彻子《窗边的小豆豆》风靡中国后，越来越多的家长选择把金钱和精力投在幼儿教育上，大批类似"夏山学校""巴学园"等以人为本、充分尊重幼儿、提倡建设最富人性化的快乐幼儿园如雨后春笋拔地而起。

加上"虐童事件"频繁发生，让家长对幼儿教育忧心忡忡，都想要选择师资水平高、教育理念良好、环境规划与安全都非常完备的学校。让小朋友接受安全而良好的早期教育，成为每位家长心中的头等大事。

"向阳花"创始人张董正是瞄准了这一点，在国外定居二十多年后毅然决定回国办了这家教育机构。该机构引进西方国家蒙台梭利、华德福教育理念，结合中国特色，以人为本，以培养儿童人格建构、心理保护与成长的独立为主要目标，开创了一套真正适应中国小朋友心理和生理成长特点的独特教育理念。将其在全国推广，发扬光大，招聘更多优秀的幼儿教师，是张董毕生的心愿，更是他在看到越来越多的孩子由此受益后觉得刻不容缓的事情。

一年前，张董亲自跟进亚盛集团的风投项目，材料不知道写了多少份。亚盛本身就有意投资大陆的教育机构，约了几次面谈，对"向阳花"的经营情况进行了多次实地考察，经历了非常苛刻的审查，拿到对方给出的条款清单后，更是进行了长达一年多的估价谈判，好不容易进入签订合同环节，没想到情况突变。

眼见话题越扯越远，蒋晓光微皱眉头，伸手做了个暂停的手势，压低声音说："收！"

会议室安静下来。

别琼不由自主地缩了缩脖子，怕蒋晓光点她的名字，偏偏他四下巡视了一圈，目光停留在她的脸上，并未点名，却期待地看着她，说道："谁来说点儿靠谱的？"

关键时刻，关嘉嘉突然站起身——

"我来！"

她显然早有准备，从手中的文件夹中抽出一沓打印好的A4纸，挨个儿分发给众同事。

"亚盛集团新任CEO威尔森，其继父是加拿大当地鲜为人知的富豪之一。据传此人深居简出，无人知其详细底细。只知其家族靠矿业发家，产业横跨教育、地产、矿产、传媒、新能源、金融能源投资、汽车制造……几大领域，但记在名下的极少。更因为其谨言慎行、为人极为低调，因此业界少有人知晓。"

"大喇叭"不服："那么多人都不知道，你从哪里打探来的消息？该不是从哪个总裁体的小说里意淫来的吧?"

关嘉嘉没有理会他,继续说道:"此人原本有一儿一女,但在一次车祸中两个孩子连同妻子意外丧生,遭此大挫,他越发深居简出。四年前结识从国内赴纽约投亲的威尔森母子,对威尔森患有精神病的母亲一见钟情,广寻名医,终于彻底治愈,并于去年完婚。这个被威尔森称为Uncle An的人,与威尔森格外投缘,走到哪里都带上他。几个月前不知道什么原因,威尔森执意要回国,据说Uncle An列了一份长名单让他选,出乎意料的是,他只要亚盛集团。除了高层,亚盛集团的内部员工也是本周才知道的。刚才"大喇叭"说的有一点没错,原来的CEO罗伯特是Uncle An表亲的后代,得知自己的位置被夺,异常愤怒,甚至没有办交接,还在内部毁了不少文件,愤而出走。"

她重新坐到位置上:"听说现在亚盛集团内部一团混乱,所有的项目都已经暂停,之前已经投资的项目也正在清理、整合和退出。所以,这也是我们很多人想去见面而被拒绝的原因。"

大家交头接耳的样子极大满足了关嘉嘉,她顿了顿,继续说:"不过,我还听说,威尔森原本是A大本科生,大三时从A大退学,中文名字是……乔磊。"

别琼听到这里,身体一僵。

"咱们园区A大毕业的,"张董问,"是不是只有别琼?"

别琼正心惊肉跳,关嘉嘉给了她猛烈一击:"我算了下,好像,他俩是同一届毕业生,说不定还认识。"

"大喇叭"救了她贱命,他非要关嘉嘉说出资料的来源不可:"你从哪儿听来的?"

关嘉嘉笑嘻嘻:"有心人天不负,正是对蒋园长热情的爱,才让我从亚盛内部打探到这些消息。"

"喂喂喂，女生外向！"

"哈哈哈哈，"张董大笑，"看来今后得多招几个貌美的帅小伙，不错不错，跟我了解的出入不多。"

蒋晓光已经习惯了张董在这种场合下开他的玩笑，捂着额头继续主持会议："别琼说说吧。"

"呃，是这样，"别琼红着脸，简直羞于张嘴，"亚盛我跑了一周多，连秘书的面都见不到。名片留了一张又一张，没任何回应。"

"认识乔磊吗？"

"呃，认识倒是认识的，不过……没说过几句话。他后来退学后，更是没什么联系。"

事情发展到这里未免有些好笑。

她想尽办法想要见亚盛集团的新CEO，却拒绝了乔磊无数次要见面的提议。

"既然认识，那就好说，我们的项目经得起推敲，对方有如此大的变动，也不能急于求进。先缓一缓。关嘉嘉，你这边继续细化之前的资料。别琼，你找个机会，争取和乔磊搭上线，大家分头行动吧。"

众人陆续走出会议室。

别琼怕其他人再细问，有意慢吞吞地装模作样收拾东西。

直到关嘉嘉频频冲她使眼色，示意她快点儿走。

只差翻白眼了，她还没弄明白。

关嘉嘉只好发短信。

"喂喂喂，我要跟你上司表白，快闪啦。"

……好快的节奏。

她匆匆拿起文件往外走。

听得背后关嘉嘉已经大喝一声，单刀直入——

"蒋晓光！"

她不由得虎躯一震，我勒个去。

蒋晓光当时的反应具体如何，谁都不知。

五分钟后，蒋晓光从办公室仓皇逃出来，神色狼狈。

稍后关嘉嘉拍着手掌走出来，对站在外面议论纷纷、好奇地打量她的众人说道："兄弟姐妹们，不好意思了，我从今天开始，正式、光明正大地追求咱们蒋晓光园长了。你们曾经对他有心的，请即刻起死心；压根儿没有任何想法的，请继续坚定你们的立场。至于其他人，有钱的捧个钱场，没钱的捧个人场。不追到他，我誓不罢休。"

当时在场的单身男教师们站起来，纷纷拍着胸口说："太好了，关嘉嘉总算有目标了。"

"真是吓死我们了。"

"以后终于不怕她来追求我们啦。"

"好希望她能成功哦。"

……

2

戴川是在同阿冰吃烧烤的时候，看到包间里的别琼的。

夜色已深，大厅里的十几张烧烤桌，吃客们来了又去，去了又来，不知道换了几拨。烧烤桌上满是残羹冷炙，铁钎上剩着些被客人弃吃的肥肉、肉筋，散在铁盘里，穿着制服的服务生推着垃圾车沿桌收拾。

同阿冰坐了两个多小时，她的嘴巴压根儿就没停下过。

闺密买了某国际品牌最新款的限量版包包却天天挤地铁，前台同事居然开了一辆跑车上下班肯定不是什么好鸟，前男友的现女友刚刚发了微博照片显然鼻子隆过……他听得困了，忍不住连打几个哈欠，看看时间差不多也该收了，摆手招呼服务生埋单。

服务员出小票拿给他看明细，接着转身敲了对面包间的门："小姐，我们马上就要打烊了。"

门打开，他看到包间里，一个人默默坐着的别琼。

以及，她面前空置的烧烤桌。

如果刚好在她进了包间后，戴川和阿冰马上进这家店，那么别琼至少等了两个半小时。

但她等的人，并没有来。

戴川从包里掏出所有的现金塞给阿冰："宝贝儿，你想买什么就买点儿什么哈，我有点儿事，你先走。"

阿冰虽然不情不愿，但手指碰到钱的真实触感让她眨着眼睛站起来，甚至对着别琼暧昧地笑笑。

"那改天你再约我哦。"她头也不回地离开。

别琼还是上学时的老样子。

像是回到高中校园。

学校规定所有学生一年四季穿着那两套丑得不能再丑的土黄色校服，男生平头，女生统一的齐耳短发，不准化妆，不准佩戴任何首饰，放眼整个校园，长得好看些难看些哪有什么两样。可是那些精明爱美的小女生啊，总能找到一切机会，将各种颜色和各种可爱形状的发卡插在黑发中，精心修饰的眉形，能够让眼睛变得美而大又改变瞳孔颜色的美瞳，校服领子夹个粉色带钻的心形胸针，拉链上挂个可爱的手机吊饰，裤脚向上翻折别上好看的彩色曲别针……

别琼是最老实的一个。

清爽的短发几乎是学校女生发型最标准的长度，肥肥大大的校服几乎能塞进去两个她。化妆品？用的郁美净婴儿霜吧，淡淡婴儿般奶香味道，安安静静那么一个人，说话都很少大声。

相比之下，她的同桌邵小尉就是妖孽了。

头发乍看与黑发并无二致，唯有在强烈的阳光照射下，在某个特定的视觉角度才能显现的紫发，让她连转头的时候都带着一股狐媚劲儿。戴着琥珀色的美瞳，看人的时候眼睛水汪汪，楚楚可怜，刷着长长的睫毛，根根纤长卷翘，眼线画得隐藏而巧妙，脸上涂着精致的粉。到底是年轻，那样好的皮肤就算不擦任何化妆品，也是让人过目不忘的。

说话尖细、娇滴滴，动辄大呼小叫，可是男生们喜欢。

激素在体内蠢蠢欲动，正是青春懵懂、对异性心动的年纪，再加上邵小尉是真的美啊。

那一届的男生们私下里选出年级十大美女，邵小尉当之无愧高居榜首。打篮球的时候，只要有她在场，个个像是打了鸡血，谁肯团队合作，都搞个人英雄主义，单枪匹马过人勇猛上篮。

她是物理课代表，催交作业的时候，男生一个拖一个，没人主动交，必要她挨个儿主动关心问询才能收齐。值日打扫卫生，黑板哪里轮得到她擦，早有勤快的男生每节课下课铃响后抢着擦干净。

进了教室就叽叽喳喳，跟女生们聚在一起，议论着谁的演唱会多么隆重，刚上市的化妆品哪个物美价廉，年级的谁谁主动追求谁谁而被老师叫了家长……

现在想来，彼时的邵小尉当然同他后来遇到的所有女生一样肤浅而无聊，可当时大家均处在三点一线的单纯校园环境中，人也单纯，那时他只觉得邵小尉可爱极了。

要是能做他的女朋友就好了。

于是有一天趁着邵小尉生病没来，他问前桌默默写作业的别琼。

"嘿，帮我给邵小尉写封情书，怎样？"

她像只受到惊吓的兔子，缩手缩脚，紧张地看着他，怀疑自己听错了。

他笑："放心，不是给你写的。是让你帮我写，"他指指邵小尉的座位，"喏，写给你同桌的。"

直到现在，他依然记得别琼如释重负的表情："哦，好。"

她竟然同意了。

"什么时候要？"

"嗯？"

"第四节课有节体育课，我听说老师没来，上自修。那我中午放学之前给你吧。"

"……好的。"他稀里糊涂地答应，甚至忘记问为什么她答应得如此痛快，本来只是想逗逗她的，也排解下爱慕邵小尉而不知道如何追求、如何表达的郁闷。

第四节课果然自修。老师们在年级组开会，对于他们这帮高一新生来说，正是聊天的好机会。

只可惜——

别人跟同桌、前后桌聊得风生水起，戴川和同桌坐在角落最后一桌。

右边是南墙。左边是同桌学霸温沈锐同学。

前桌的别琼正专注地写着什么，头都很少抬。她的同桌邵小尉没来，而学霸同学正戴着耳机听《新概念英语》。他烦极了，拿着笔勾勾画画，戴望舒、艾青、鲁迅、苏轼、王安石……没胡子的加胡子，涂上飘飘长发，连拖地连衣裙都美美地加上去。

正无聊间，听到"扑哧"的笑声。

只见别琼转过来，正盯着他笔下的鲁迅看，手里捏着一个封好的有着精致蕾丝花边的信封——

"写好了。"

"咦？"有那么一刹那，他忘记了自己曾经开玩笑叫别琼写情书。等他明白过来，伸手去拿，她却撤回去："一手交钱，一手交货。"

"……交……交什么钱？"他诧异地看着她。

没想到，她也很吃惊："难道你不知道我写情书的行情？"

"还有行情？"他呆住，"多……多少？"

她显然有些犹豫，但还是试探着问："难道不是赵宝权告诉你的？"

"赵宝权？三班篮球队的？"

他因为惊讶而提高的音量惹得全班同学的目光都转过来，别琼急了，压低音量："赵宝权和我是发小儿，我从初中起就被他缠着帮他写情书，因为……质量比较好，咳咳，极大程度帮助他追到了心仪的女生。后来他索性就帮我代理写情书业务，他帮我接活儿，但除了他，没人知道是我写的。早上你问我的时候……我还以为被你发现了，又因为常见你和赵宝权打球，所以还以为是他跟你说的……"

戴川想，真是人不可貌相啊。

他问："多少钱一封？"

"千字一百。"

他终于忍住没问她"你就那么缺钱"，歪着头想了一会儿，问："要是质量不好，怎么办？"

"不会的。不要侮辱我的写作水平。不过，目前还真没有碰到过不满意的。你要实在不满意，那就改，改到你满意为止。”

戴川哭笑不得，掏出书包，在里面翻了好一会儿，毛票加上钢镚儿，九十七块三毛：“我就这么多了，都是前后桌，打个折吧。”

没想到，别琼把信抽回去放到书包里。

“对不起，不还价，概不赊欠。”

——这么大牌。

不过说真的，太吊人胃口了。

他一把拽下温沈锐的耳机：“借我十块钱。”

被突然打扰的温沈锐只是斜眼看看他，慢慢拿过耳塞重新戴上，都不屑于说话。

他也不恼，直接拽过温沈锐的书包，伸进去摸索着，竟真的翻出十块钱来。温沈锐看看他，仍是没有讲话，像是默许了他的行为。他一股脑儿把钱推到课桌的前沿：“喂喂喂，够了。”

别琼数了数钱，把多余的毛票和钢镚儿扔出来，连信封也一起扔给他。

戴川打开信封，拽出来四页煞是好看的信纸，两张写满了字，两张空着，均是复古牛皮纸，带着淡淡的玫瑰香，质感好得很，果然是女生喜欢的玩意儿。

“你看完了，没问题，就抄在那两张空白信纸上，然后偷偷放进去。”

“够专业！”他跷起大拇指，拆开信封凝神看起来。

五分钟后，他双手合十对着别琼无比虔诚地拜了三拜：“大姐头，请受小弟一拜。”

那封情书着实专业，语言文字朴实无华，简洁诚恳，比喻新颖、轻灵，全文引经据典又不失轻松幽默。尤其让他叹服的是，在情书正文结束后，别琼在后面加了个备注，详细注明了以她对邵小尉的了解、各种喜欢的食物和出行路线。

这一百块钱花得超值。

他是在追求邵小尉半年多后才确定两人的恋爱关系的，这封情书并未起到关键性的作用，但至少在当时起了个好头……两人心知肚明，将这件事瞒得天衣无缝。是在高二升高三时那年的暑假，大家出来喝酒，戴川不小心说漏了嘴，邵小尉才知道的。

自己的爱情，不不不，不仅仅是爱情，甚至是人生，竟然被别琼这个闷声不响的丫头片子驾驭了一次，邵小尉十分火大。

她喝光了那天晚上最后一杯扎啤，摇摇晃晃地站起来对天发誓："别琼你个王八蛋，我也要驾驭你的人生。"

说完，光荣倒下。

那时候大家都年轻，张口闭口动辄人生、未来、前途、理想……时而雄心壮志在我心，像个豪迈的英雄即将奔赴沙场，时而多愁善感，为了芝麻绿豆般的小事黯然落泪，耿耿于怀。

现在想来不免觉得可笑。

可再想想，又笑不出来。

那样灿烂单纯的校园生活，在工作多年后已是成人的我们，就算心理上再不愿承认，终究是早就丢失了曾经的热情和心境，还有什么样的事情能够让我们抱头痛哭或者开怀大笑？

哪里又还能够找到与我们抱头痛哭或者开怀大笑的人？

他以为邵小尉不过是说说，也许酒醒过后彻底忘记了这件事。

但他显然低估了女生的复仇之心。

3

整个暑假，邵小尉对此事只字未提。

直到开学的第一天，他在楼道里看年级的分班座位表，赫然看到自己依然和学霸温沈锐同桌，他俩的前面，仿若复制的高一、高二的座次表，正是邵小尉、别琼。

——邵小尉的舅舅是年级组长，估计是她央求他这么排座的吧。

温沈锐正在位子上看书。

"喂喂喂，聊会儿。"

温沈锐与他两年同桌，被同化不少，沾染了很多坏习性，说脏话啦，逃课啦，上课吃零食啦，晚自修偷跑出去跟他看球赛啊……可始终不变的是各大小考始终稳坐年级第一名交椅。

人家上课睡觉时被叫起来回答问题都是正确的。

只差如网上段子所说来一句"老师，你要是还有什么不会的，再叫我。我先睡一会儿"。他当然没有张狂到这种程度，但人是真的聪明，大家传说他早在初中就读完了高中的所有课程，完全可以直接考大学，不过是不想与同龄人生活脱节，才一直按部就班地老实就读。

同学都说他是神童，因见着他上课时常睡觉，却永远第一。戴川曾经几次问过温沈锐这个问题，他只是笑笑，从未正面回应。

他是不是神童，戴川不知道，他只知道，温沈锐是个聪明人。学生时代我们夸一个人聪明，举证时会说，学习好啊，每次都能拿高分，就算不复习，也照样拿第一……但戴川觉得，温沈锐的聪明体现在他的记忆力、思维能力、想象力甚至是操作能力上。高一时，他顾及温沈锐是学霸，不敢造次，慢慢熟了摸透脾气，没少拉着他一起逃课胡闹，每每这样，他都要在回去后看书熬到凌晨天色发白，补上白天落下的课程，才能勉强进入全班前十五、年级前一百名。

可温沈锐似乎不是这样的。

戴川清楚自己荒废了时光，所以后面努力找补，为的是不让自己真的落下。而温沈锐似乎只是……只是高兴。

这感觉就好像，攀越顶峰的大部队出现了两个掉队的人。其中一个时而分心，攀登一会儿便想要下山转转，骨子里又不甘就此脱离，时时悬在心头的危机督促着他不得不赶回来继续攀爬。累了渴了饿了无聊烦闷了，再下山去转，周而复始。

而另外一个觉得这个人有趣，有时候也跟上来凑凑热闹。

他一直以为他们是一伙的，直到有一天他发现，对方已经攀越过顶峰无数次。

人家是……用飞的。

只要他愿意，他随时在顶峰。

"聊会儿就聊会儿。"一个暑假没看到戴川，温沈锐放下手中的书，难得这么主动，"你家那位呢？"

"说一会儿就来，到现在没见到人。"

正说着，邵小尉突然急匆匆跑过来，不由分说地拉住温沈锐的胳膊问："你还不知道吧？"

"知道什么？"

"我听说……"她故弄玄虚，欲言又止，"算了，我还是不讲了。"

"好。"温沈锐从来不吃这一套，见她故意卖关子，塞上耳塞听歌。

"喂！"她急了，跟她男朋友一样的坏习惯，动不动就扯人耳机，"你能不能按常理出牌？平常人听到我这么说，都会紧紧追问到底发生了什么事情才对啊。"

温沈锐瞥了她一眼：“可你说还是不讲了。”

“我说是那么说，实际上我心里想的是我先不讲，直到你步步进逼，追着我反复问了，我才告诉你。要吊你的胃口嘛。”

戴川看着两人斗嘴直乐。

“哦，这样啊。”温沈锐慢吞吞地重新戴上耳机，“我没胃口。”

“……”

邵小尉对着戴川一顿猛捶：“女朋友被人欺负成这样，你还乐。”

“你伶牙俐齿的，谁能欺负你。”

看这两人掐架，简直是人生一大享受，他才不帮忙呢。

果然，邵小尉才不是省油的灯，她再次拽下温沈锐的耳机，这次选择开门见山，怕其他同学听到，她俯下身轻轻地说：“别琼喜欢你。”

她期待着他吃惊的样子，比如，瞪大眼睛看她。

确实有人这样，但并不是温沈锐，而是她男朋友满足了她。

戴川傻眼，不知道女朋友演的是哪一出。

“哦，知道了。”当事人只是这样淡淡回答。

她不甘心，又说：“她跟我说，会在这几天向你表白。”

“是吗？”

戴川吓得够呛，如果是因为自己说漏嘴，交代了情书是别琼所写的事，才招来邵小尉的报复的话，那未免有些玩大了。

他拉她出教室，问：“你胡编的吧？”

邵小尉笑：“嗯哪。”

“……”

“别胡闹，就算我错了，好不好？人家别琼有什么错？”

“怎么没错，天天‘闺密’地喊着，背地里干过这事，怎么说都不敢说？”

"你太小题大做了。幸亏我俩不是偷情，否则，你都能抱着炸弹跟我们同归于尽。"

"算你识相。"她恨不得天下大乱，狠狠瞪着他，"你不许插手。否则就分手！"

戴川吐吐舌头。

邵小尉是在很久之后才明白，那些动辄把"分手"挂在嘴边，看上去十分强势的一方，反而是在恋爱关系里最弱势的那个。说分手不过是威胁，因为无法控制而摆出决绝的姿态，想吓唬、制衡对方，当然不是真的想分手。

恰恰是从来不说分手的那个，某天真的说分手，才是真正彻底地想要结束关系——分手权，是牢牢掌握在人家手里的。

可惜，她知道得太晚了。

所有人都觉得她强势。

"……"戴川本就理亏，不敢再多说话，灰溜溜地回到教室。

不一会儿，别琼来了。

她神秘兮兮地拉着别琼的手："哎，耳朵凑过来，跟你说个秘密。"

别琼刚进教室，不知道发生了什么，疑惑地凑过去。

戴川竖起耳朵。

邵小尉用戴川和别琼都能听到的声音小声说："哎，我告诉你个秘密，你千万别告诉别人。"

别琼说："我谁也不说。"

邵小尉说："行。我告诉你哦，"声音越来越低，"刚才，你没来之前，温沈锐跟我说，他喜欢你，决定这几天跟你告白。"

真的不能得罪女人啊，尤其是像邵小尉这样的女人……

戴川泪流满面。

毕竟是女孩子，哪有温沈锐那样的气场和处变不惊的本事，别琼当即红了脸，同时本能地转头看向坐在自己斜后方的温沈锐同学。

她往后一退："别逗了您哪。"

偏偏此时邵小尉做出一副格外认真的样子，不发一言。

见别琼看得愣住，她这才无比认真、无比正式地郑重点了下头。

——郭芙蓉怎么说来着："确定、一定以及肯定。"

其实早在高一下半学期，邵小尉和戴川热恋时，两人出去玩时常叫上别琼和温沈锐，也曾经无数次想要撮合他俩。

戴川一直觉得不可能。

温沈锐这个神人，大学毕业都不见得性启蒙，他看女生跟看操场啊、树啊、花花草草什么的，没什么区别，高中两年多，压根儿就没见过他正眼看过哪个女生。

别琼呢，也够神的，刚知道她给人写情书收费时，戴川骨子里还鄙视了她一把，除非她家境困难靠此为生。

最后是赵宝权那混小子告诉他，别琼家境倒是中等水平，只因为视书如命，看得又杂，二十四史、四书五经、王小波、希区柯克、弗洛伊德、荣格、亦舒……可惜家教甚严，零花钱少得可怜。架不住他几次反复游说，加上书的诱惑，她才勉为其难地应下来。她也不是对所有人都答应写的，会事先问问是什么样的人，人品不错、五官端正者才接，且每月写情书的总量不超过十封。

若该月名额已满，则下月您请早。

戴川很是得意了一下，原来自己在别琼心目中算是五官端正、人品不错啊。

情书写得久了，别琼基本看透了身边这些乳臭未干的毛头小子，他们追我？还嫩了点儿。

每月购入的图书真叫人爱不释手呀，徜徉在图书的海洋里，她无暇顾及其他。

邵小尉有意撮合了几次，两人都置若罔闻。她慢慢觉得无趣，也就再不多提。

在邵小尉分别告诉两人对方将要主动告白之后……戴川曾找到机会，小心赔着笑脸对女朋友说："你看你，多此一举嘛，高一的时候说过多少次，两人都没成，怎么可能在高三的时候被你这么一忽悠，两人就能成？"

已经过去了七年。

他和邵小尉之间经历了无数次分分合合，逃婚、流言蜚语、新的生活……时至今日，他依然记得邵小尉当时说话的样子。

"以前呢，咱俩撮合没头没脑，去问人家俩，'要不然你俩在一起吧'，这简直就是拿根绳子穿蚂蚱，逮着哪个是哪个……不行的。这次，我心里有底。"

"有底？"

邵小尉十分得意："我呀，给他俩唱双簧。这么说吧，"她拿根铅笔，在戴川的本子上画了一条直线，两头各点了一个小点，"刚才我那么一说，基本上把他俩确定粘在一条线上了。以后，我就这边踹一脚，那边踹一脚，每踹一次，他俩都会往中间挪一点儿。慢慢靠得越来越近了，不用我踹了，日久生情，他俩也就胜利会师了。"

戴川听了邵小尉的话，倒抽一口冷气。

早知道她不是省油的灯，没想到会这么费油。

嗯，他当即决定，不论将来发生什么事，自己一定不要留任何把柄在邵小尉手里。

你永远不知道这个女人要出什么牌。

可现在明白，会不会有点儿晚？

4

"小姐，我们要打烊了。"

烧烤店里，服务生已经催了两次，别琼似乎并没有听到，显然在愣神。

戴川看着依然清清瘦瘦像个学生样呆坐的她，心生不忍。

冲服务生挥挥手，他在别琼旁边坐下："在等人？"

她如梦初醒，抬眼见他时，眼神中的期待瞬间转为失望。

"去喝点儿东西吧。"他提议。

"好。"她站起来，踉跄着脚步差点儿摔倒，"等我一下，呃，"她十分为难的样子，"坐得太久，脚麻。"

"早知道让你出来一起吃，这事儿闹的。"

她没说话，咧着嘴缓了一会儿："走吧。"

隔壁就是一家二十四小时营业的咖啡厅，这个时间段，客人寥寥。

上一次见到戴川，还是两人的大喜……不不不，还是邵小尉逃婚那天。

有一阵没见到他了。

别琼看着戴川，不住地打量："怎么样？看上去，你精神还不错。"

"那是，全新的生活向我招手。"

他的表情显示他并不知道自己家老太太找她说了个底儿掉。

似乎，确实还不错。

头发染了淡淡的栗色，额前喷了啫喱定型，领口敞着两个扣子，白衬衫衬极了他的皮肤，说话的时候神情专注，笑的时候先眼睛弯弯。咦，突然，他成了这样快乐的型男。

"没想到，没结成，对你俩倒是好事。"

"她也这样认为吗？"

别琼摇摇头："不然呢，何必逃婚？"

"你说得对。算了，不提这个。今晚谁这么大胆子，敢放我们别琼大才女的鸽子？"

"想听实话？"

"想。"

她摊出手："老规矩，一百块。"

上学时，他们四人常玩这游戏。

不论谁问对方不想回答的问题，而又特别想知道，就选择……用钱来解决。

不想回答，必然不是什么好事，否则恨不得见人就分享。

至少在当时的心境下不是什么开心的事情。

他们经常买来买去。

买各自的不开心。

不开心的事情太多，人若要知，掏钱买我点儿快乐再说。

戴川钱包里一分钱现金也无："刷卡，行吗？"

"不行。"

"好吧，我放弃。"他摊摊手，"说点儿别的。上周温沈锐打电话给我。"

"哦……好久……没有他的消息。"冷不丁话题突然转移到他身上，她稍稍有点儿不适应。

"说是累了，厌倦了北上广一线城市的生活节奏，想回来。"

"是吗？"

"他问起你了。"

"问我结婚没？"

"差不多，问你有男朋友没。"

"无……聊。"

"我说，追你的男人排了两条街。"

"要真的那样就好了。"她笑出了眼泪。

"他沉默了挺久。后来聊了点儿别的，就把电话挂了。"

她想起之前邵小尉说过，在东南亚接过他的电话。

他还不知道那天邵小尉逃婚，本是打电话恭喜她。

挂电话前，磨磨叽叽要了别琼的电话。

"她给了吗？"戴川问。

"你觉得呢？"别琼苦笑。

"以我对她的了解，肯定给了。估计座机、QQ、微博、微信，一个都不差。"

"你真了解你前妻。"

"他联系你了？"

"没。他不是有女朋友了吗？"

"没听他提起啊，你怎么知道的？"

"还不是QQ签名，"她尽量让自己的语气听起来自然，"什么'老婆会武术，我也挡不住'什么的。"

"不是吧，完全没听他说过，没准儿他闲着无聊，随便改的。"

"这个理由未免太牵强了。"

戴川说："等他回来了，你们俩好好叙旧吧。"

"我和他之间哪有什么旧要叙？"

他只好拍拍她的肩头："好了好了，老同学，也许当年的他有苦衷，或许是……"

她不置一词。

有人推开咖啡厅的门，走进来三五个穿着入时的年轻人，男士们揽着几个身材瘦高的女伴正说说笑笑。

戴川不由得多看了几眼。

对方显然注意到这注视的目光，转过头看着他俩。

为首的穿墨色T恤的男人走过来热情地寒暄着："咦，小别，你也在这儿？"

别琼低着头，好久才说："正要走。"

"呀，你瞧我这记性，不好意思不好意思，我忘记了晚上跟你有约。真对不起。"

嗬，真对不起。

——在我们有限的人生阅历中，你一定遇见过这种人：嘴里不断说着"抱歉""对不起""请原谅"，态度诚恳，表情认真，周围不明就里的人被他们如此绅士、放低姿态的道歉感动，纷纷赞扬他们是懂得礼节有礼貌的大好青年。

可是只有你懂得，如果他之前的失信行为让你难受，那么他此刻的道歉并没有让你的难受有所缓解。

它只让你再次蒙羞。

他的主人，本意也是要用它来起到羞辱你的作用。

"乔磊?"戴川也认出他来，正要回应，突然别琼拉住他的衣襟，眼神里满是哀求。

他听到她要哭出来的声音："戴川，带我走。"

第四章 ——

【 如果你曾奋不顾身爱上一个人 】

Chapter 4 _____

追求一个人的时候，我们经常说——
喜欢你，没有理由。
断绝关系的时候，我们却接受不了——
分手吧，没有理由。
这感觉就好像，中了五百万的彩票，你绝不追究
为什么是你。
而原本属于你的五百万彩票突然宣布作废，你绝
无可能平静接受，是不是？

1

邵小尉想破头都没想到会被亲生父母从家里赶出来。

晚上十点多，老头儿老太太从国外旅行回来，发现自己女儿居然无事人一般窝在家中的沙发里，边大吃大喝边看电视剧。房间不知道多少天没打扫，根本进不去人，垃圾桶周边围满了不知名的小飞虫，臭气熏天。地板上的杂志东一本西一本，混杂在满地的长裙、短裤、丝袜、T恤里⋯⋯

不愧是恩爱多年的夫妻，只是相互对视了一眼便默契地分头行动——老太太直奔邵小尉的房间，收拾了当季的衣服、化妆品、笔记本……一股脑儿扔进行李箱，老头儿则从厨房拿出拖把，两人同时打开防盗门——

"是我们赶你走，还是你自己走？"

邵小尉动都没动，瞥了她爸爸一眼，还以为老头儿跟自己开玩笑："别逗了，爸！"

见她如此沉住气，老太太把行李箱拉到门外，关掉电视，指着大敞的门说——

"什么时候觉得自己错了，什么时候找到男人，你再回来。"

她哇啦叫："妈，干吗啊，我不是跟您说了吗，我不是胡闹，是觉得我俩真不合适。"

"对，你结婚当天才发现不合适，之前我跟你爸那么反对，你不惜绝食抗争，就差跟我们断绝关系了……我们俩的老骨头都被你折腾碎了，好歹同意了，你又逃婚！"

老头儿倒拎着拖布，木头棍磕在地板上，发出噔噔的响声："我们俩受不了你了，你自己出去单过吧。爱去哪儿去哪儿。"

邵小尉坐在沙发上，还没弄清楚形势，心里头犹豫着要不要撒娇，糊弄过去。

老头儿突然甩着大拖布就横飞过来，吓得她失魂落魄，连滚带爬地从沙发上爬起。

"哎，爸，你听我说，爸！哎哟，爸……"

老头儿是来真的。

被拖把满屋子追的邵小尉，一个不留神躲到门口，被老太太从背后"送"了一下，等她明白过来，防盗门已经从里面反锁。

她只听到老头儿说了一句："丫头，别想着说服我们你再回来，你的钥匙刚才我已经收走了。"门内再没有任何动静。

邵小尉在楼道里站了一会儿，担心隔壁邻居看到她的糗状，对着自家大门长叹了一声："只生一个好啊！"

如果她是独生女，就不信老头儿老太太敢如此猖狂。

于是发微信给远在广州出差的哥哥邵小隽求救——

"哥，咱爸妈不要我了！"

邵小隽大她三岁，正因为上头有一哥哥，到她这儿算超生，当年罚了小十万块钱，所以邵小隽常叫她"小十"。

"哈哈哈，真的吗？小十，太好啦，喜大普奔！"

对于她的逃婚事件，邵小隽这个做哥哥的一直保持沉默。只是当天跟着戴川向所有客人解释，留下来善后，爸妈唠叨时偶尔劝上一两句，从不添油加醋。

妹妹大了，又不是整天跟在他屁股后头哭个没完没了的黄毛丫头，有些话，即便是亲兄妹，界限也是要分清的。

"我……能去你那里住几天吗？"本以为邵小隽会热情邀请她，看来只好自己主动要求。

过了几分钟，邵小隽回复："你嫂子的脾气，你是知道的……"

果然亲兄妹都靠不住。

邵小尉的嫂子，脾气是出了名地暴，哥哥被她搓圆捏扁，不敢说一个不字。婆媳之间闹得也厉害，婆媳俩都心直口快，眼睛里揉不得沙子，为了炒菜要不要焯热水，两人能吵翻天。同一屋檐下勉强挤了半年，赶上房价稍稍回落，老两口付了首付就把儿子儿媳撵出去了。

至于她，啃老啃得太久，想必老头儿老太太以为女儿嫁人，终于能透口气，没想到连门都没过，又原样打回。

邵小尉蹲在地上想，如果自己将来有一个像自己这样的女儿，会不会做到爸妈如此忍耐、包容？

绝不!

当然,也许当她有了孩子成为人母后,又是另外一番心境和感受,可邵小尉顾不得想这些,打车直奔别琼家。

两年前,别琼执意购买这套年代久远的位于三环路窄巷里的机关楼小两居时,她还在嘲笑别琼,楼房旧得看不出墙体的颜色,电梯都没有,每天爬上爬下五层楼,图什么呀。可别琼解释说,喜欢小区里的环境,有高耸云天的银杏树、槐树环绕,绿树成荫。难得的是,居住的邻居都是林业局的退休职工,环境相对简单纯粹。每天下班回来,间或遇见三三两两的老人闲坐聊天,或者哄着小孙子孙女说说笑笑,见到她便笑眯眯地主动打招呼,不知道多亲切。

邵小尉搬着大箱子出了一身臭汗,总算到了五楼,正要按门铃,门突然被人向外推开:"那别琼,我先回去了,你好好休息,别想太多。"

——好家伙,这小妮子什么时候交上新男友了?

这声音太过熟悉,熟悉得叫她……

是,居然是戴川!

脑袋嗡嗡响,她逃婚后首次和戴川见面,没想到是在这里。

想要擦脸上因为出汗而糊了的妆,想要整理皱巴巴的裙子,低头看到T恤湿了大片,脚上踏着的人字拖下出租车时不慎踩到了路边的水洼,脚指头、小腿上都是黑泥。

戴川看到她,显然也是一愣,他指着门结结巴巴地解释:"正……正好遇上别琼,就送她回来。"

"哦……"

他和她一样没做好准备,转身拉开门喊别琼的时候声音都是颤的:"小尉来了,你们俩聊,我先走了。"说完逃也似的下楼。

邵小尉坐在别琼家客厅里的布艺沙发上,神情恍惚。

"你们俩什么时候联系这么紧密了？"

别琼脸色极其不好，心情坏到极点，偏偏邵小尉要往她的枪口上撞。

"您不会以为我跟您前夫好上了吧？谢谢啊，承蒙您看得起，我虽然条件比您差很多，但也不会饥不择食，这一点还请您放宽心。"

"哪有哪有，"邵小尉本来已经做好最坏的打算，见别琼这么说，悬着的石头落了地，马上满血复活，拉着行李箱直奔客房，开始收拾房间。

别琼终于明白重点不在这里："喂喂喂，你什么意思？"

"哦，忘记跟你说了，"邵小尉已经开始往衣柜挂衣服，"我爸妈今晚回国，把我撵出来了。实在没地儿去，反正你这里也空着，你不会不让我住吧？哈哈哈，你当然不会啦！"

她怕别琼不同意，决定先礼后兵，从挎包里翻出一只有着精美包装纸的小长方形礼盒："送给你的小礼物，不成敬意，请笑纳。"

"你想住多久就住多久好哦。"出乎意料，别琼答应得十分痛快，"我一个人住也够闷的。"漫不经心地拆开包装，里面是一个有着黑色人造皮革包裹着的类似喷雾器的东西，盒子上密密麻麻一堆英文。

"这是？"

"防狼喷雾。"邵小尉说，"现在世道太乱了，昨天看微博，说发生好几起在地铁里突然被陌生男人狂扇耳光假装情侣吵架拖着走，实际是拐卖人口的事情了。给你这个，关键时刻，没准儿就能救你命。我买了俩，一人一个。姐们儿够想着你吧。"

"这能起什么作用？"

"对准对方的脑袋这么一喷，"邵小尉打开人造皮革的摁扣儿，"有喷嘴的这端对准色狼，看到没，大拇指往下压，半小时内睁不开眼睛的。"

别琼撇撇嘴："真有用吗？"

"放包里，将来你会感激我的。"邵小尉将防狼喷雾塞到别琼在客厅鞋柜上的手拎包，"要不要出去看场电影？"

"没心情。"

"一个人在家能有什么意思？去吧去吧。"

邵小尉其实是想套话，问清楚她和戴川是怎么遇见的，偏偏别琼没领会，再多问几句，急了。

"拜托，心情不好，你的排遣方式是看电影。我就喜欢待在家里，想怎么待着就怎么待着。咱们能不能彼此尊重点儿？"

"好好好，随你。我洗个澡先。"她努努嘴，不在老爸老妈的眼皮底下生活也是有好处的，比如，别琼肯定不会限制她夜里几点回来。

邵小尉走在去电影院的路上。

强大的失落和孤独感席卷全身，夜色包裹着她瘦小的身体，迈出的每一步都如无心的稻草人，让她想起度过童年生活的小村庄。

那时北方的秋天来得急，一场暴雨过后，天气就突然转凉，她常和小伙伴们挣扎着甩脱要自己穿上长袖上衣的大人，在放学后奔向一望无际的田野。玻璃瓶里没多久就可以装满碧绿的大蚂蚱，还有肚子鼓鼓即将产卵的螳螂，再偷偷刨出几块地瓜埋在土里，上面架上木棍点着火，口水流满地。

村子与村子之间，有的隔了一条河，有的隔了一条马路，有的隔了仅仅一条胡同。李村、杨村、马家岗村……驮着海鲜、水果、布料、鸡蛋、馒头等的小贩们沿村叫卖，同大人们撒撒娇，说几句好听的，总能弄到些吃的，再偷偷钻到后门的柴垛里，挤出一米长的洞，与早就等候在那里的小伙伴们交换着吃，什么都是香的。

说不清是哪一天，突然莫名其妙地变了一个人，不想做任何事，不想理任何人，分分秒秒想要逃离父母的控制，密谋着离家出走。偏没钱没地儿去，经济不独立且没有自己的生活圈，似被走街串巷小贩拴在单车车把上贩卖的氢气球，腹内空无一物却时刻盼望着要走。中魔般骑着单车在初秋的午后，一个人吭当吭当从这个村落骑到那个村落。

……

此刻被父母从家中赶出来的邵小尉，再次有了年少时骑着单车没头苍蝇般乱飞乱撞的暴怒、焦虑、心慌、空虚和孤独感。

心理学家认为，"接纳孤独，并且能够享受孤独，是成熟的重要标志"。他们把孤独分为主动孤独和被动孤独，"前者必需而有益，能够促进人类成为独立人格的自由人，后者则没必要且没好处"。

若以此作为成熟的标志，不知道自己还要等多久。

若可以选择，谁愿意被动孤独。

可是在每次为自己的言行付出代价的孤独时刻，邵小尉突然想清楚一件事，自己害怕的从来都不是孤独，而是害怕被人孤立和疏离。

家人，朋友。

以及生命中曾经那么挚爱的人。

2

城市高楼林立，道路两旁的宣传栏上贴着"一年一小变，三年一大变"的标语。外环路已经开通，处处可见拔地而起的楼盘，房价、物价直逼北上广一线城市。

半年前，"向阳花"对面的楼盘开盘当天便全部售罄，欧美建筑风的近八千多平方米的会所底商，据说也被一暴发户一掷千金买下。

别琼坐在蒋晓光的奥迪车中，忐忑不安地瞥几眼自己的上司，前边拐弯已经见到亚盛集团的大楼，越发心惊肉跳。

这时突然听到蒋晓光问："听说园区对面的底商已经装修完了，不知道是建超市还是饭店？真希望两样都不是，否则太繁华，车来车往对小朋友来说不太安全。"

"不清楚，"别琼回答，"回头我去问问。"

"好。"

主动约乔磊见面被爽约，咖啡厅里偶见反被他当众羞辱，她永远无法忘记戴川搀扶着无力的她离开时，乔磊突然挡住去路，在她耳边说的那席话。

"我约了你那么多次，你都不肯见我，在得知我的真实身份时，你终于肯来见我了？真是好荣幸。"他邪恶地看着她，暧昧地眯起眼睛，"我记得你曾经说，可不可以找一个我配得上的人喜欢，你觉得我现在——配得上吗？"忽然又冷笑，"不不不，对不起，我说错了。应该是——你觉得，你配得上谁呢？抛弃你的温沈锐？"

三年前，心情最坏、负面情绪集中爆发的晚上，他不识相地跑来再次告白。

她终于能够体会到当时他的心情。

胸腔似被轰出一个洞，血肉四溅，失去听觉、视觉、触觉……眼前空无一物，她不知道自己是怎样离开的，也不知道是如何被戴川带回家的。

原来，语言竟然真的有着如此强大的攻击与毁灭力量，瞬间使人灰飞烟灭。

整晚失眠。直到晚归的邵小尉缠住她，讲了大半夜电影院遇见前座的猥琐男大声讲话骂骂咧咧，她提醒后依然死不悔改，甚至站起来想要打她的故事。最终邵小尉忍无可忍，从包里掏出防狼喷雾对着猥琐男狂喷，对方捂着眼睛蹲下嗷嗷叫着如被宰杀的肥猪。直到他的几个同伴站起来，眼看要对她大打出手时，坐在她后边的男生突然拉起她狂跑……集冒险与英雄救美于一身，这场电影看得太值。

可惜别琼压根儿没听进去，她正在做辞职的准备，打算隔天递上辞职报告。这样迷迷糊糊凌晨四点多才睡着，结果七点多就被蒋晓光的电话吵醒。

"别琼，果然是你面子大，"电话那头的蒋晓光听上去很兴奋，"亚盛那边打来电话，请我们今天上午十点谈之前的风投协议。"

乔磊葫芦里卖的什么药？

想在领导面前再次羞辱自己？

还是，比如说，她想起港台剧里最常见的桥段。颇有实力的集团老总坐在办公桌后面，戴着黑色的墨镜，用十分粗犷的声音对眼前唯唯诺诺恨不得跪求签合同的签约代表说——

"只要你们开除她，我就跟你们签合同。"

……最坏也不过如此吧，大不了辞职。又不是离开了"向阳花"，自己会死。

汽车在亚盛集团的大楼前停下，保安过来拉开车门，拿好钥匙停车。乔磊的秘书艾米早就等候在旁，见到蒋晓光和别琼，热情极了："乔总在会议室等您，请跟我来。"

还未到会议室的门口，乔磊从会议室内疾步而出，一边同蒋晓光热情握手一边说："蒋园长光临，不曾远迎，请多见谅。"

"哪里哪里，您太客气……"蒋晓光一面热情寒暄，一面别有深意地看了别琼一眼。她吓得连大气都不敢出，心里默念着，天哪，领导，您别期待太高啊，一会儿会发生什么，我自己都不知道啊。

"小别，你来了，我很高兴。"乔磊凝视着她，"喝点儿什么？果汁、茶还是咖啡？"

"茶，"她语无伦次，"蒋园长喜欢喝茶，铁……铁观音。"

"不用不用，"蒋晓光看了她一眼，"客随主便，我都可以。"

"小别一向是喜欢喝石榴汁的，艾米，一杯石榴汁，一杯铁观音。"

"好的，请稍等。"

"我听小别说，你们是大学同学，没想到这么久，她的喜好您一直记得。"

"何止啊，"乔磊说，"小学、初高中，都在一个学校。"

"哦？"蒋晓光尽力掩饰自己惊讶的语气，最初看到别琼听到乔磊这个名字各种不自然的表现时，他就隐约猜到了点儿什么，但似乎实际情况比他猜到的要复杂一些。

"说来不怕您笑话，蒋园长，我从小学追小别，直到大学，每次都被她狠狠地拒绝。我这心简直千疮百孔。"

乔磊边说边皱眉头，还捂着心口做疼痛状。

蒋晓光看得目瞪口呆，这人好会演。

别琼不明白乔磊的态度为何如此反复。她低着头，脸烧得灼烫，不敢看任何人，地面简直要被她盯得烧出一个洞来。

报应来了。

"呃，这样啊……"蒋晓光实在不知道要接什么话。

恰好艾米端来石榴汁和铁观音，才让现场不那么尴尬。

"是这样，一会儿我还有个会。蒋园长，你们的项目我们还是很感兴趣的，但我审核了之前的风投协议，觉得有几处不太妥当，比如在全国推广建立分园的速度，你们的师资力量如何保证？不要过于求数量而非质量。此外，第九条和第十三条，以及第十八条和第二十五条，有很多地方有歧义。一会儿艾米会发给您我标红的合同，我希望您这边能够尽快修改和调整。"

什么？

别琼怀疑自己听错了。

蒋晓光表现得不卑不亢："乔总，老实说，您提到的这几点，我们之前草拟的合同并不是这样的，罗伯特认为我们过于保守，在他的要求下，才重新修改了合同。我十分高兴您和我们的初衷一致，我明天把调整过后的协议发给您。"他站起身，"希望我们合作愉快。"

"这样最好。"乔磊也站起来，"那我就不多留你们了，"他伸出右手，"保持联系。"

别琼跟着麻木地站起来，乔磊似笑非笑："小别，什么时候一起吃饭？"

"啊……那个，我我我我……最近比较忙，还要回去改协议。"

"这个还是我亲自来吧，"蒋晓光岂能如此不识大体，"别琼，既然乔总诚意邀请，工作需要做，恋爱也要谈嘛。"

"是，"乔磊转过身，"还请蒋园长替我在小别面前多多美言。唉，女人心，海底针，小别实在太难追了。"

……

回去的车上，蒋晓光一直暗笑。

别琼讪讪的，也许想转移他的注意力，也许想解答困惑了自己很久的问题，突然问："领导，你……你有没有深深爱上过一个人？"

"嗯？"蒋晓光收起笑容，神情黯然。

不知过了多久，她听到他说："有过的。"

"很幸福吧？"

"……是，即便知道她爱的根本不是我，也依然幸福得如同一只以为自己有着啃不完骨头的小狗，每天早上醒来都是笑的。"

听起来，似乎是一个很悲痛的爱情故事。

她鼓起勇气说："我和乔磊，不是你想的那样。"

听到这话，他笑了："我想的怎样？"

"就是，就是……"

"别琼，男人做事，和女人是不一样的。今天乔磊约我们见面，当然是因为你们之间曾经有过故事，但不论这件事情进展如何，是被停止，还是推进签约，都和你俩之间认识没有直接的关系。明白吗？"

"哦。"虽然听起来似懂非懂，别琼还是点点头。

反正也是闲着，今天被他笑得已经够多，她继续说："关嘉嘉好喜欢您哪。"

"她？瞎胡闹嘛，还是个小孩儿。"

"那您有喜欢的女生吗？"

"喜欢？"他的语气有些犹豫，嘴角上扬，微微笑着，似乎想起了某个人，"前不久认识一位，非常有魅力，谈喜欢还有些为时过早，不过，对她……似乎有着很不一样的感觉，比好感多一点点，比喜欢、爱又少一点点。"语气顿了顿，又说，"不知道我是陷在之前的感情里走不出来，还是新认识的女生认识不久，总之，太难说清楚这种感觉了。"

"我们真的有我们以为的那么爱那个人吗？"她像是在问蒋晓光，又似在自言自语，"沉浸在之前的感情里不能自拔，也许只是对付出的感情得不到对等的回报而耿耿于怀？"

蒋晓光突然驶入临时停车道，猛地刹车，别琼没留神，身体不受控制地前倾，"咚"的一声，头撞在前方副驾驶的椅背上。

"哎哟！"她大叫，"领导，您怎么了……幸亏我没坐在副驾驶，不然，脑袋撞在风挡玻璃上，早开花了。"

他并未听到她说了些什么，只是转过头诧异地盯着她看。

前方不远处似有两辆车发生剐蹭，车主下车为谁的责任发生争吵，后面被堵的车辆不耐烦地按着喇叭。发街头小广告的看到机会，拿着售房广告单敲着汽车的车窗，也不等车主回话，直接将广告单夹在车窗玻璃上，不顾身后车主大骂，镇定自若地奔向下一个目标。

不知过了多久，蒋晓光重新打着火，开车上路。

直到下车时，他说："别琼，谢谢你，谢谢你帮我解开困惑了我很久的问题。"

"咦？"她后知后觉，要到回家洗漱完毕躺在床上才想明白。

无心说出口的话连蒋晓光都能突然顿悟，而她要等到什么时候才能彻底看透自己的心？

到底意难平。

3

回到园区的时候正是中午。关嘉嘉见到她就大叫："别琼，快来，给你留了一份红烧肉。"

她急忙道谢。

其他的同事叽叽喳喳。

"'福利'今天心情好吗？"

"我都说过'福利'是我的了，你们少虎视眈眈。"关嘉嘉好大的醋意，"来，别琼，跟我说说看，你觉得我有戏不？"

别琼想起蒋晓光说的话，忍不住为她叹了一口气，又不好直说，只得敷衍道："我不清楚啊，我哪敢问我领导这个。"

"一句话百样说嘛，你可以换个方式啊。比如，领导，如果世界上只剩下280和关嘉嘉，你是娶280还是关嘉嘉？"

"280"是园区餐厅一做饭的大叔，矮矮胖胖，被"大喇叭"疑心体重有280斤而得名，慢慢在园区叫开。"280"得知后也不恼，有时候被人当面叫，还笑嘻嘻地答应。

"喂！有点儿节操，好不好。"

"没羞没臊。"

周游突然指着对面的大楼："咦，会所底商挂上店名了。"

众人纷纷围过来看。

"麦麦阅读时光——一个可以让你发呆、看书、喝咖啡的地方，""大喇叭"一字一顿地念着，"书店？"

"不是书店，"周游说，"上午我出去，听说老板很有品位，扬言要建麦城最有特色的图书馆。"

"可是看这店名，似乎又不是传统的图书馆，更像是咖啡店。"

"这个老板还真是奇怪，现在这年头，哪有多少人愿意看纸质书，网络阅读冲击得各大纸媒销量纷纷下跌，不知道有多少杂志停刊、印刷厂倒闭，他这简直是逆水行舟。"

"也不见得啊，纸质图书拿在手里的感觉，电子图书根本比不了。反正我挺愿意手机电脑都不带，一天的时间都消磨在图书馆里，如果里面的书够全的话。"

"最好有小朋友的儿童绘本馆，到时候社会实践课，我们就可以去图书馆了。"

"被你们这么一说，我也好期待。"

……

别琼想破头都不觉得这家图书馆能和自己有什么关系，直到一周后关嘉嘉说已经谈好同麦麦阅读时光的合作，再过几天，环境治理后，装修监测数值都达标，每天园区的所有班级都可以去里面上社会实践课或者阅读课。

据说针对园区的价格是五折，几乎不盈利。

整个图书馆格外宁静、雅致，分为儿童会馆区、成人会馆区，更有小型咖啡区雅座，卖咖啡和汉堡，另设男读者、女读者的休息睡眠区，累了可以小憩。

别琼被吊足了胃口，刚好周二首次去图书馆上社会实践课的向日葵班任课老师请假没来，蒋晓光又去了深圳实地考察，她索性自告奋勇去帮忙。

在四位老师的带领下，二十八位小朋友排好队，手拉着手浩浩荡荡穿过马路，进了麦麦阅读时光。

光洁的大理石地面，随意地铺了大小不一的鹅卵石，半米深的高度注满了水，最上面放置的是亚克力透明超强压玻璃，小朋友们踩在玻璃上，看脚下金鱼游来游去，兴奋极了。大厅服务台前陆陆续续有人办理会员证、借书服务，与服务台相对的正是咖啡区，摆放着藤椅、沙发、板凳，甚至还有秋千，用褐色的木制栅栏围着，栅栏上开满了各色叫不出名的野花。再往前行是一道自动玻璃门，左边区域是成人区，右面是儿童区。

小朋友们有秩序地进入儿童区，眼前的一切，让包括老师在内的一群人都发出"哇"的惊讶欢呼声——

儿童区总共分成三个小区域——最里面是可供儿童休息的儿童之

家，有摇篮、小床、爬行垫等各种玩具。中间是将近一百个实木书架，零到十二岁阅读专区。别琼仅仅是翻了一下最靠近身边的书架便已咋舌，几乎全是获得国际大奖的大量知名儿童绘本作家作品：坪井郁美、林明子、李欧·李奥尼、佐佐木洋子、宫西达也、大卫·夏农、麦克·格雷涅茨……幼儿园里有的图书，这里有；幼儿园里没有的，这里都有。

最高兴的当然是孩子们，早就奔向书架、游戏区。同来的杨老师看着精致的儿童风格壁纸，最上方贴着"小朋友们看完图书和玩具，请记得归位"的提醒，赞叹说："跟我们园区的风格还挺像的。"

万老师说："好想见见店主到底是什么样的人。"

说话间，四岁半的男孩瑞瑞突然跑过来："老师，有位叔叔在游戏区里睡着了。"

牛牛说："老师，他是个大坏蛋吗？"

"也许是怪物。"合合说。

栓栓说："老师，他太大了，我的滑板车他可骑不动，他必须长小了，我才能邀请他骑我的滑板车。"

女孩的关注点和男孩的不同，样样问："老师，他是不是生病了？他会死吗？"

……

别琼同杨老师跟着小朋友走过去，发现角落里确实有个男人正在酣睡。五六个胆大的小男孩围住他，还在议论纷纷。

"他是个怪叔叔，跑到儿童区来睡觉，他是大儿童吗？"

"也许他年纪很小，但是长得很大吧。"

"他是昏睡的王子吗？"

"他是青蛙王子吧。"

"他又没有四条腿。"

"他爸爸妈妈去哪儿了？"

"他饿了。"

赤脚躺在一堆彩球里的男人，似被小家伙们吵醒，坐起来的时候颇为迷迷糊糊，揉着眼睛甩甩头，瞪大眼睛看着眼前的一切。

别琼的心提到了嗓子眼儿。

男人显然也看到了她，目光呆滞，正欲站起，却被好奇的小朋友围得水泄不通。

别琼恢复了镇定，手心慌得出汗，理智告诉她必须马上离开。她便匆匆地同万老师交代了几句，像个人人喊打的贼听到警笛响一样，只顾没命地往前跑。

四年了，身体里的血液依然如最初热恋时燃烧沸腾，似要冲到头顶。要有着怎样的决心，她才能够说服自己转身，唯恐稍有一点儿松懈，自己便不争气地冲过去，声嘶力竭、愤怒、崩溃，只为当年讨一句"为什么"。

追求一个人的时候，我们经常说——

喜欢你，没有理由。

断绝关系的时候，我们却接受不了——

分手吧，没有理由。

这感觉就好像，中了五百万的彩票，你绝不追究为什么是你。

而原本属于你的五百万彩票突然宣布作废，你绝无可能平静接受，是不是？

别琼不能释怀的是，彩票不再属于自己，总有原因：过期了，被水洗得看不出痕迹了，被风刮走了……但并不是每个人在同恋人分手时，都会有勇气对这份感情做出交代，说明缘由。

比如温沈锐。

4

如果让别琼重新选择一次，她绝对不会给戴川写什么情书，这样的话就不会有后来的邵小尉为报仇而暗度陈仓，极力撮合她和温沈锐。

若不是邵小尉，她此生都不会同他有什么交集。

在邵小尉对温沈锐说了一周多"别琼最近几天会找你表白哦"，对别琼说了一周多"温沈锐说最近几天会找你告白哎……"之后，事情终于发生了点儿变化。

两个人看对方的眼神，都有点儿不太一样。

即便当时他们并没有喜欢上对方，但被邵小尉说得次数多了，两人都开始暗暗有点儿期待，并想象着对方会选择在什么样的时间以什么样的方式向自己告白。听到对方的声音，见到对方的身影，听到对方的名字……所有关于对方的一切，突然有了不同的意义，慢慢开始格外留意。

就是这样的吧？

如果做一个统计，你总会发现，绝大多数人的初恋，不过是以下三种情况：一、放大自己对异性的好感，以为那就是爱；二、初次被异性主动追求，心慌意乱小鹿乱撞，以为那就是爱；三、被同学小伙伴们起哄，久而久之弄假成真，以为那就是爱……

别琼很不幸，这三种情况都中了。

被邵小尉这个小伙伴天天起哄，两人在一起的时候，但凡见到温沈锐，她就挤眉弄眼地嗷嗷叫，在她的带动下，全班同学都跟着起哄，久而久之，连发小儿赵宝权过来找她，都暧昧地问："你们家温沈锐呢？"

"前后桌的恋情，不错哦。"

"谁追的谁？"

"哎哎哎，学霸要不要帮你辅导功课？"

男生更是唯恐天下不乱，起哄起得比女生猛多了。邵小尉只主动在男生群里起哄一次，男生们便心领神会如潮水般涌向温沈锐，他们总能找到一切机会在温沈锐面前提起别琼。

"哇，这个月生活费又没了。"

"找温沈锐借去。他们家那位，人家可是别穷。"

"喂喂喂，温沈锐，今天吃饭的时候看到你们家别琼了，太不像话了，跟赵宝权勾肩搭背的，要我说，这事儿你就得管管。"

"别莫名其妙绿帽子都给你戴了。"

……

别琼开始见到温沈锐就心慌，无端地想要躲避。

温沈锐亦然。

接着发生了在本文第一章写到的轰动全校的体育老师揩油事件，两人成了全校的风云人物。等到有一天早上轮到别琼值日，她提前半小时去教室，发现了坐在后桌的温沈锐。

教室里只有他们两个人。

温沈锐问："咱们俩的关系，还算不错吧？"

她被温沈锐如此主动地跟自己说话弄得有点儿蒙，慌里慌张地说："还……还不错。"

温沈锐又问："不错，就是好的意思，是不是？"

"嗯？"她越发不明白他想说什么。

他问："不错，等于好，你语文好，这个没问题吧？"

"是，没问题。"

然后，她听到学霸温沈锐的轻笑声——

"别琼，是你承认的，咱们俩好了。"

"啊？"

咱们俩的关系"不错"。

"不错"等于"好"。

所以……

咱们俩"好"了。

——那时，说谁和谁恋爱，大家统一说的都是"好"。

张晓明和王小红好了。

李大白和赵晓娜好了。

"好"等于"恋爱"。

可怜别琼的脑袋已经短路，直愣愣地看着温沈锐。

他拿书敲了一下她的头，说："放学后我在你常去的书店等你。"

……

两人就这样彻底把罪名坐实了。

事后，敏感的邵小尉发现两人的"奸情"后审问别琼，知道了事情的全部经过后，气得破口大骂——"太便宜温沈锐这个王八蛋了。你怎么能这样就被人家搞定了呢？"

"不是你要撮合我俩吗？"

"我要撮合是没错，可你这样轻易就同意了，明摆着人家彻底吃定你了。以后……唉……"她叹气，"至少摆摆架子，让他追求得久一点儿嘛。我跟你讲，男生太容易得到，是不会珍惜的。你们家温沈锐又是这样一个厉害的主儿……"

她战战兢兢地问："那……那……我现在怎么办？"

"老实说，我不知道……我不是你家温沈锐的对手。你只能自求多福了。"邵小尉的重点不在这里，她咯咯笑着，"看来，想成全两个人的爱情，还是很容易的。嗯，如果破坏，是不是也很容易？"

拜托，你那是成全吗，简直是操纵。

别琼坐在位置上，静静地想。

轻易答应男生的追求，真的会不被男生珍惜吗？

可如果万一遭到拒绝，他再也不出现，她要怎么办？

心跳得剧烈，她终于能够确认，自己是很喜欢很喜欢温沈锐的。

喜欢到当他提出那样的问题时，她只敢装傻，怕自己掩饰不住喜悦的心情，答应得太过痛快而把他吓跑。

第五章 ———

【 如 果 你 曾 奋 不 顾 身 爱 上 一 个 人 】

Chapter 5 ____

　　每个青春懵懂、渴望异性爱慕的少年，总会有自 ———
己的方式，笨拙、纯粹、执拗、偷偷摸摸、小心翼翼
又荡气回肠地去爱。

　　譬如邵小尉。譬如戴川。

　　但也许，从来不是别琮。

1

早上别琼来得有点儿早，偶遇金种子班的主班老师王琳琳，聊了没几句，被她硬拖去办公室，说是有事商量。

两人并肩走过教学区，正值早上家长接送时间，太阳初升，爸爸妈妈们陆续送小朋友进园。阳光透过高耸挺拔的洋槐树繁密茂盛的枝叶，落在地上现出斑斑驳驳的影子。刚入园的小朋友告别了妈妈，蹲在地上好奇地看，小手伸出去抠抠又停停。年轻的保健医生坐在大门边侧的木椅上，用医用手电筒逐个儿检查在她面前排队等候的孩童。

【如果你曾奋不顾身爱上一个人】

"张大嘴巴，说'啊'——"

再摊开小朋友柔嫩的小手仔细看，说："很健康呀。"

入园才几天的新生知道哭泣无用，绝望地趴在老师怀里，腮帮子鼓鼓的，皱着眉，眼泪汪汪。年龄大些的宝宝，抱着从家里带来的玩具，火车、变形金刚、飞机……找到要好的小伙伴在角落里戏耍玩闹。大厅落地窗外，中班的小女孩乐乐穿着夸张的表演服，头上顶了十几根小辫子，连同五颜六色的线编进去，红的绿的黄的紫的蓝的，煞是好看。预科班的琪琪同爸爸妈妈一家三口坐在台阶上，地上有四五本装帧精美的儿童绘本，妈妈正抱她入怀，爸爸则选了一本分饰几角，朗声念着。

别琼看得恍惚，幻想着有一天她也是这其中的一分子，找个心爱的男子生个漂亮的崽儿，在天气晴朗或者刮风下雨天，手牵着手走向一家有爱的幼儿园。

不知道自己还会不会等来这样的一个人？

没有影视剧作品中大起大落风云突变的故事情节，仅仅是两人一前一后看着跑在前面的宝宝微笑，已叫她牵动嘴角。

进了办公室，王琳琳牢骚不断。

"牛老师预产期提前，新调来的老师要在下周才能正式入职，累死了。"她反手捶打自己的肩膀，有气无力。

一个班级二十八名小朋友，均配四位老师，吃喝拉撒玩睡……每天像是上战场。尤其是吃饭的时间，那个把饭洒了，这个不肯吃西红柿，二毛哀号要找妈妈，大齐拉了一裤子屁屁……手忙脚乱，恨不得多生出几只手来。

"你可以找别的班的老师帮忙啊。"

她仿佛没听到，看了别琼好一会儿，把人家看得发毛："其实把你叫过来，是想问问，你不是最喜欢小孩，一直想要当任课老师，要不要试试？"

"我？"

"对啊，一周的时间。"

"我行吗？"别琼心动了，"要不然，我跟我们领导申请试试看？"

正聊至关键处，金种子班三岁半的明月站在她俩面前，嘴噘得老高，皱着眉头，气势汹汹。

"老师，米兰偷走了爸爸买给我的芭比娃娃。"

两人对视一眼，王琳琳走到她身边，蹲下来答复她："好的，我会找她了解情况并帮你解决问题的，请你耐心等待，好吗？"

"好吧。"明月不情不愿地转头走了。

别琼觉得好笑："现在的小朋友偷东西很普遍吗？还是对归属概念不明确？"

"先了解下情况再说吧。"她没有正面回答，两人在园区里转了一会儿，在娃娃屋里找到了抱着芭比娃娃的米兰。

"米兰，你好呀，你在做什么？"

米兰奶声奶气又认真的样子可爱极了："我在同新朋友聊天。"

王琳琳说："你的新朋友真漂亮。"

"妞宝送给我的。"

"那你知道妞宝在哪里吗？"

"去教室拿纸黏土给娃娃做衣服。"

王琳琳坐在地板上，同米兰一起玩娃娃，妞宝拿着纸黏土跑过来："我们一起做个漂亮的婚纱，行吗？"

"好呀，"王琳琳说，"要做白色的吗？"

"不，我喜欢绿色的。"妞宝的小手捏着纸黏土将它们按在白纸上。

"妞宝，芭比娃娃是你送给米兰的吗？"

"是，米兰是我的好朋友。"

"那芭比娃娃和你是怎么认识的呢？"

妞宝停下手中的动作，说："我在钢琴下面捡的。"

"这样呀。老师刚才见到了明月，芭比娃娃是明月爸爸买给她的，所以，明月才是娃娃的主人。虽然它是你在钢琴下面捡到的，但是你并没有权利把她送给米兰呀。"

米兰有点儿不高兴。

王琳琳又说："老师很爱你，老师知道你们很喜欢这个娃娃，但是现在我们需要把她还给明月。你们可以选择和她交换玩具，或者和明月一起玩，好吗？"

妞宝"哇"的一声哭起来。

米兰受到感染，跟着哭。

王琳琳分别拍着两个小朋友的后背，一面抚慰，一面说："老师知道你们难过了，不想和娃娃分开。你们可以哭一会儿，哭完以后，请你们把它还给明月。"

僵持了大概两分钟，妞宝和米兰停止了哭泣，同王琳琳一起把芭比娃娃还给了明月。

在"向阳花"幼儿园，小朋友们会得到教师充分的爱、尊重、自由和平等，园方也格外注重孩童对情绪的定义和管理。教师们不会勉强大家待在教室上课，园区的任何地方，包括院长办公室，对小朋友们都是绝对开放的，前提是不得打扰他人、不得动手打人。

别琼目睹了整个过程，感慨道："换我小时候，老师早就搜身搜课桌了，再找家长告状，劈头盖脸一顿狂骂都是轻的，少不了踢几脚屁股。哪儿会这么有耐心地详细问询。"

"在没有充分了解情况前，不做任何恶意揣测，不下任何结论，也是我来到这个园区后的最大感受。这样纯净简单的小孩世界尚且如此，成人世界又会是什么样？"王琳琳似有无限感慨。

任课老师打断她俩的谈话："王老师，可以出发了。"

今天是社会实践课，要去比萨店参观，任课老师已经在幼儿园门前请小朋友们集合。

王琳琳只得跟上去："我等你消息。"

别琼点点头，上楼时无意中瞥见大厅的时间已经指向九点，想起今天有可能和蒋晓光去亚盛送新合同，便焦急往回跑，气喘吁吁地来到蒋晓光办公室门前，透过一尘不染的磨砂玻璃，依稀看到他在抚额沉思。

最近几个月，打着"蒙台梭利"教育理念创办的幼儿园突然如雨后春笋，陆陆续续多起来，虽然很多不过是看到"向阳花"的火爆眼红，买了几本理论书，照猫画虎学个皮毛，可一旦找个繁华的地段租了房子，进行豪华装修，操场宽敞，配备卜国外进口质量卜乘的各种游戏设施，外墙涂上色彩鲜艳的花花草草，哦，当然还会请上三五个管他哪里来的老外，外来的和尚会念经嘛。即便学费是"向阳花"的两倍，也依然会有暴发户以及其他不明所以的家长愿意掏腰包把孩子送进去的。

别琼听说已经有其他同行在与亚盛集团接洽，想要争夺这块风投肥肉。大家危机感十足，连续开了一周的会，不知道修改了多少次，总算在昨天彻底敲定最终版。打电话联系艾米，对方回复说请蒋晓光和别琼明天去公司面谈。

想到这儿，别琼敲门："领导，我可以进来吗？"

"进。"

蒋晓光把自己刚刚得到的消息告诉她——艾米说，"乔总希望别琼小姐今天下午独自送过来"。

"啊？"别琼的脸火速燃烧，明明两人之间只差成为仇人，蒋晓光这么一说，显得两人关系暧昧得很。

蒋晓光见她不出声，暗暗想他的心事。他自问对下属还算公平、温和，坚信若顺利拿到风投，一定是因为"向阳花"优质的综合考量，绝不是动用了下属的美色。本想委婉回绝，又想起那天在乔磊办公室两人见面时的场景，一时拿捏不准别琼对乔磊的态度。

遂开门见山，一刀直劈下去。

"最近和乔磊私下里还有联系吗？"

"……发过几条短信。"

"我尊重你的意见，如果你不想去，我找个理由回了吧。"

"我去。"没想到别琼痛快地答应，指着桌上的文件，"是这个吗？我吃过午饭就走。"

"你不介意？"

"蒋园长，您曾经跟我说过，男人和女人是不一样的，这件事成不成，都绝对不会是因为我。既然如此，我有什么可忌讳的？更何况，"别琼咬着嘴唇，"我也有问题，想要好好问问他的。"

下午，别琼拿好文件打车直奔亚盛办公大楼，进电梯直奔十六层。艾米看到她时惊讶地问："咦，别琼，您没收到我的短信吗？"

短信？一路担心堵车，手机塞包里，压根儿没留意，这时拿出来才发现艾米的短信——"乔总临时有事，请不要过来了。晚些联系您。"

她想起那晚乔磊的失约。

他是故意的。

也许，看着她因他失约而焦虑、乱了方寸的样子，他很痛快吧。

亚盛集团的职员在办公区域来回走动，个个行事匆匆，偶尔有人抬头看到她，又漠然别过头大步离去。看上去毕业没多久的女生在工位上接听电话，边聊边腾出手翻找堆得高高的文件，背对她而坐的男生盯着电脑屏幕上的程序编码，悠然喝着咖啡。

别琼想，只怪自己对他有所求。

所有那些她曾经给过他的羞辱和痛苦，也不过是因为她知道他爱她，她便以为自己拥有了可以随便对待他的权利。

换作别人，她的态度绝无可能那般恶劣。

——只是如今，这权利，反转了。

艾米见别琼呆呆的样子，心有不忍："别琼小姐，您别不高兴，我们乔总是真的有事，刚才急匆匆出去，又折回来，叮嘱我尽快通知您。"

"没关系，"别琼勉强挤出几丝笑意，"合同我先放在您这里，麻烦帮忙转交。有什么问题，请随时联系我。"

"好的，请放心，我一定第一时间转交。"

从亚盛大楼出来，要走过街天桥到马路对面，才有直达园区的公共汽车，她慢吞吞地迈着台阶，走至过街天桥正中间，突然听到身后有人叫她。

"别琼！"

艾米气喘吁吁地追上来。

"咦，我忘记什么东西了吗？"她下意识地摸口袋找钱包、手机。

"不是不是，刚才乔总打电话，说是派了司机来接，问您要不要去。"

"接？去……去……哪里？"

"说是去十三中学。"

"十三……中学？"

距离麦城四十多千米外的十三中学，是她和乔磊、温沈锐的母校，他去那里做什么？

艾米诚恳地解释道:"听说今天十三中学迁新的校址,乔总捐了一座图书馆,今天是去新校落成暨迁校庆典致欢迎词的。已经回来准备见您,但接到电话说老校长突发心脏病,又赶紧去了医院。"

老校长李宽?

别琼依稀记得,高中时乔磊的学杂费均为李校长垫付。乔磊的妈妈犯病严重时,李校长还会带上班主任去探望。隔三岔五往他的书包里塞好吃的,有时候还会直接叫他去家里吃饭。学校里一些不明真相喜欢挑事的学生还曾经偷偷私下里议论,说乔磊是李校长的私生子。为此乔磊跟对方大打出手,被三个男生压在操场上,揍个鼻青脸肿,乔磊也因此同三个男生一样,被记了大过。

"李校长还好吗?"

"抱歉,我不清楚,"艾米的表情有点儿为难,"乔总只是说,如果您愿意,司机会带您去。"

容不得多想:"哦,好的,我去。"

她跟在艾米后面,重新回到亚盛大楼前,钻进了在那里等候的商务车。

十三中学。

她在那里曾经度过了最快乐最美好如今想来也是最为痛苦的时光。

2

高三是压力最大、学习最为紧张,同时也是最为渺茫的一年,因为同温沈锐的热恋,别琼每天的心情灿烂到发光。

那时戴川总是调侃她："别琼，你变了。"

邵小尉在一旁帮腔："恋爱的少女嘛。"拖她过来说悄悄话，扔下重磅炸弹，"要记得避孕。"

别琼吓得心惊肉跳，拜托，即便是悄悄话，在教室里，温沈锐和戴川都在的情况下，你这样说真的合适吗？

而且，远远没有发展到那一步，好吗？

可邵小尉迅速在她耳边扔出第二枚炸弹——

"我答应他，只要他肯同我报一个志愿，我就不拒绝他的任何要求。"

任何要求，即便傻子也明白她说的是什么，别琼目瞪口呆。

戴川的学习成绩虽然远不及学霸温沈锐，却比邵小尉要好，重点大学一本没问题。邵小尉就悬了，学习成绩极其不稳定，在班级前十名至三十名之间徘徊，起起伏伏，跟她本人的性格倒是像极了。

"你们已经……已经……"

邵小尉得意地眯着眼睛，此刻的她长发飘飘，睫毛炫紫纤长，女人味十足："还没……我要亲眼看到他填的志愿才行啊。"

不见兔子不撒鹰，倒是她的作风。别琼忍住笑，揶揄道："可是人家成绩那么好……你在拖后腿吧。"

多么血淋淋的事实。

邵小尉可不这么想："A大也还好吧，省重点，我不行报二本三本，这也算折中了。"

"他家人也同意？"

"这我管不着，那是他的事情。"

一切由父母做决定的时代已经远去，不知道中国的父母们是会觉得高兴还是悲伤。曾经无条件服从他们的孩童已经开始独立，要尊重，要平等，争夺更多的话语权，不论之前付出多少时间、精力和金钱，他们一定不会想到，原本期望的疆域里突然闯进一个陌生的女孩，宝贝儿子人生方向盘的旋转，由她说了算。

别琼夸张地咋舌。

"你还有时间管我的闲事呀，"邵小尉真心是个喜欢挑事的人，"你们家学霸，理想院校是哪里，你知道吧？"

"××医学院，他的志向，是做一名医术精湛的医生。"

"说得好。你呢？去得了吗？就你这惨兮兮的成绩，指定异地恋，熬上几个月，仅仅是分居两地的猜忌、距离就能让你们分手。还有心情在这儿傻乐。"

她一直偏科，文科考得再好，仅仅一科数学不及格，拉分拉个底儿掉，不知吃多大的亏。

"实在不行……我……我……我，在他学校附近随便找个差点儿的学校，管他二本还是三本，实在不行，民办总行了吧？"

"行呀，当然行的。可人家出出进进都是名牌大学的尖子生，凭什么找个垃圾大学的女友？你们会走在风景不同的校园，吃在规模不同的餐厅，有了不同的同学生活圈子。最清晰不过的是，你们会有着不同的人生。"

别琼天真的少女梦被邵小尉戳破，深受打击。在她拿着恋爱当饭吃的时候，邵小尉已经开始计划她和戴川的婚后生活。

每个陷入爱河的人都曾经觉得自己是世界上最幸福的人吧？

没有人能够比我对他更好，没有人能够比我爱他那么多。别琼曾经也是这么以为的，直到她在高考分数线出来后，偷听到父母要去学校修改她的高考志愿。

别琼恋爱的事情他们略有耳闻，没有横加干涉是觉得少女怀春，都能理解,小打小闹而已,更怕限制多了,弄巧成拙。之前别琼对他们说报了A大,结果隔天却意外接到班主任的电话询问"明明应该能够A大二本分数线,为什么偏偏报了某地的三流院校"时,他们才意识到问题的严重性。

怕打草惊蛇,两人在卧室里偷偷商量去学校改志愿,被出来倒水喝的别琼听了个正着。她愤怒委屈即将爆发的神经只是在一个瞬间,突然偃旗息鼓——

也许,爸妈是对的吧。

邵小尉的话响彻在她的耳际:"人家出出进进都是名牌大学的尖子生,凭什么找个垃圾大学的女友?"

她没有勇气同父母硬对硬抗衡,也没有信心坚信温沈锐对自己痴心不改,尤其是,也许潜意识里,在连她自己都不曾察觉的内心深处,她并没有做好准备为爱情早早做出那么大的牺牲。

总之,在这个晚上,她顺水推舟地选择了假装不知道这件事。

爸爸同班主任是多年的兄弟,这件事办得神不知鬼不觉,异常顺利。

八月,戴川和邵小尉先后如愿收到A大的录取通知书。

别琼拿到录取通知书的时候,温沈锐已经提前去医学院报道。入学第三天还在给她发短信说"军训好苦,好在明天上午轮到我们班体检,能偷懒半天",隔几天却传出了他退学,转到南京N大的消息。

关于这件事情,一直是个谜,包括十三中学全校师生在内都无人知晓。温沈锐自己更是对这件事只字不提,对她被A大录取也不闻不问。他的性情也大变,异地恋本就辛苦,这时候说与不说几乎也没什么区别。别琼虽然把修改志愿的事情赖到父母头上,但依然无法减少内心的愧疚,因此说话的时候就有些低声下气,恨不得俯身为奴。

温沈锐主动联系别琼的时候越来越少，动辄说分手，她一个人苦苦维系了一年多，拖到大二，终于断得彻底。

对于无力改变的事情，人类常求助于神灵，终得未果时，又说："都是命啊。"或者"缘分没到。"

可什么是命，什么又是缘分？

喜欢这样说的人，其实是"阿Q精神"的继承者。总要找个理由，至少在精神上让自己显得不是那么无能和失败，也许就会好过些吧。

无数个夜晚别琼趴在宿舍枕头上偷偷哭泣，她总是想："温沈锐，你知不知道与你分开后，我成了曾被我无数次嘲笑过的阿Q？"

缘分没到吧。

这样想着，似乎就真的不那么难过了。

可每每见到校园里情侣甜蜜，都似有一把尖锐的匕首划开层层谎言堆积的强颜欢笑，逼得她不得不直视赤裸裸的真相——

她，并没有自己以为的那样，奋不顾身地爱上温沈锐吧。

大家都说年少时代的爱情，不计代价、不计得失、全心全意、心无旁骛，甚至百折不挠……那时受各种条件限制：心智并不成熟，接触的异性少，对爱的理解浅薄、幼稚、无知，又会受到父母严厉禁止、学校严肃整顿的多重限制……

可每个青春懵懂、渴望异性爱慕的少年，总会有自己的方式，笨拙、纯粹、执拗、偷偷摸摸、小心翼翼又荡气回肠。

譬如邵小尉。

譬如戴川。

但也许，从来不是别琼。

我爱你，可我更爱那个能够有个好愿景的配得上你爱的我自己。

3

汽车沿外环路开了一个多小时，途中发生汽车五连撞事故，造成交通严重堵塞，半个多小时才恢复正常。堵车无聊之际，戴川打来电话，吞吞吐吐地问她知不知道邵小尉的新男友是谁。

别琼只知邵小尉去了一家猎头公司，每天早出晚归，她下班回家的时候，邵小尉不在，等她早起上班的时候，她又一直睡。

交了新男友，是什么时候的事？

戴川的语气听来酸酸的。

"你是真不知道，还是替她隐瞒？我都见到了。"

这话从何说起，你不是早就跟各路美女左拥右抱了吗？

"你在哪里见到的？谁呀，我认识吗？好看吗？做什么的？"

换作平时，别琼肯定会训斥他一通，说些"你俩都是我好朋友，我向没偏没向谁"的场面话。这么多年，她一直这么说，虽然她的天平一直偏向邵小尉，可口头上肯这么说，已经给足他面子。

见别琼并不追究关于隐瞒的问题，戴川说话的时候就显得有些犹豫。

"你真的不知道？个子高高的，蛮帅气，看上去，像个男模。"

"真的假的？"

"昨天下午在阳光广场，两人手拉手并肩走。"

商务车挪挪蹭蹭往前开，周遭的车被堵得个个没有好脾气，狂按着喇叭，越发让人躁狂。

"不挺好的嘛，你们两个离异人士，各回各家各找各妈，各奔各的前程，各约各的新恋人，"担心戴川还没被刺激够，她又狠狠补上一刀，"你该不是怕人家过得比你幸福吧？"

激将法是很管用的。

"我？我巴不得她赶紧找个好人家嫁了，省得你们老操心，说我们俩分不开。"戴川急了，"我就是刚好碰到，有点儿好奇，怕她被人骗了。"

"不能不能，这一点还是不用担心您前妻的，她不骗别人就不错了。"

戳穿人家真相的结果当然是让交谈停止，戴川只好说："哦，好吧，那我没什么事先挂了。"

她火速拨给邵小尉，一直占线，越打不通越好奇，反反复复拨，等到了十三中学门口，最后一次拨，却已经关机了。

十三中学依然是她记忆中的样子。斑驳的铁门大开，中心的花坛暗红色月季花正怒放，最下边种满了针形叶片的午时花，像是内江的水彩在争奇斗艳，白、黄、红、深紫、粉红、白花红点、彩纹……绚烂极了。有一次她在花坛边打量，温沈锐还充当过解说员，赞午时花顽强的生命力，折下任何一枝茎叶，哪怕放在阳光下暴晒，失去水分干干瘪瘪，插在花盆里浇上水，隔天照样满血复活开出绚烂的花朵，因此又有"死不了"的别称。

当时，她曾天真地问："那就把我们的爱情花定为午时花吧？"

温沈锐明知故问："为什么？"

为什么？当然是希望，如果有一天，我们两个人因为什么缘故不得不分开，可不论阔别多少年，只要能够相遇，就像折下的午时花终于和泥土重逢，便瞬间满血复活，旧情复燃。

只要能够相遇，就从不担心你我不会重新再深爱上对方。

死不了的午时花。

死不了的你我之间的爱情。

她当然不会傻傻地讲出这些内容，只微笑着看他，并不讲话，心里想的是，他一定懂的吧。

……

花坛后面的教学楼安静如废弃的工地，空无一人。她抄近路走过长长的开满丁香花的走廊，从小小的月亮门进去，空旷的操场上参差不齐的杂草丛生。最北端靠墙的休息座椅旁，乔磊正背对着她席地而坐，背影挺拔而俊朗，有谁会相信他当年是那般瘦弱胆怯的少年。

她默默在他旁边坐下，空气中弥漫着他身上淡淡的香水味道，清清爽爽。

"你还记得李校长吗？"他仍垂首，可声音沙哑，有那么一刻她以为他在自言自语。

一丝不祥的预感让别琼打了个冷战，她记得李校长有点儿秃的前额，但并未达到秃顶的地步，大半已花白的头发喜欢往前梳，身材中等微胖。他喜欢笑，常常背着手在校园里走，见到同他打招呼的学生，会高声答应，偶尔会拉住对方闲聊，伙食、任课老师、功课……学校里他威望极高，再顽劣的学生见到他，都肯规规矩矩地喊上一声"李校长"。

"记得。"她回答，"他……身体还好吧？"

乔磊的肩膀耸动着："刚刚，已经去世了。"

第一次看到男生在自己面前哭，别琼方寸大乱："我……我，能做点儿什么？"

"入学没多久第一次考物理，卷子发下来，36分。我表面上装无事，放学后在无人的教室里偷偷哭，被值班巡视的他撞到，问明原因后打趣说'多大点儿事儿啊，我还以为你失恋了呢'，让我破涕为笑。他说：'别哭了，孩子，回家吧，否则家人要担心了。'"

别琼能够想象出李校长当时的语气，他是那样和蔼的人。

"后来被你拒绝，我躲在这里哭，又被他撞到。我哭着说，这次是失恋，是不是有放声大哭的资格了？可他说：'小子，毕业后有着远比这更值得你哭泣和烦恼的事情，现在回家吧。'"

他再说不出一句话来，把头埋在臂肘里。她却想起小学时他被同学狠揍时抱头倒在地上，脸上漠然的表情。

"乔磊，我知道李校长在你心目中的位置，但节哀吧，你这样子，看得我很难受。"

像是过了一个世纪那么长。

他慢慢站起来："你……你会难受？"不可思议的眼神看着她，"我以为，你只有知道我打算放弃风投项目，才会难受。"

"……什么意思？"

"你刚才听到什么，就是什么。你的语文成绩不是一向很好吗，就是你理解的字面意思。"

多么好笑的笑话。

"所以你叫我来……"别琼咬紧牙关让自己问下去，"只是想故意要我？"

"说要……就有些难听了，只是——通知。"他的眼神与别琼相对，他甚至懒得掩饰阴谋得逞的快感。

该来的总会来，哑谜她早就不想打下去了："所以你约我出去，出尔反尔，包括合同，只是因为我曾经对你的态度，如今来报复？"

"我不过是想让你尝尝被人拒绝的滋味，"他指着自己的胸口，"什么叫作疼，什么叫作心死，你……总得都体会下。"

太阳渐渐西沉，黄昏的校园突然起风，落地的树叶打着旋子，划过他俩的裤脚，又颓然落下。也许真的是因为拆迁的缘故吧，一切看上去都那么萧条。记得每年的春秋运动会是这操场最热闹的时节，全校所有班级沿椭圆形操场围坐，主席台上的播音员总会收集各班的来稿，选择优秀的内容激昂朗诵，被念到的班级欢呼雀跃着，总会引起不小的骚动。100米短跑、4×100米接力、3000米长跑、铁人三项……运动员换好衣服做热身，正在进行的项目加油呐喊声响彻整个操场。

物是人非。

别琼想，也许，这世界上没有什么力量比仇恨来得最大最持久吧？不知道他等这一刻，用了多久的时间。两年？三年？还是更多？

"乔磊，"她看着他，表情十分诚恳，"我想，你应该能够明白，爱情从来不是因果关系——不是因为你说爱我，所以我就要爱你。"

"你以为，我仇恨你，是因为你拒绝我？"他冷笑着，抓住她的肩膀，眼睛直视，眼神里燃烧着莫大的不屑和愤怒，"我仇恨你，是因为你不过是个言行不一、虚伪下作的恶心拜金女！中学的时候拒绝我，又处处留情，你敢说你没有搜寻过我的背影，在年级榜里没有找过我的名字？看见我，又故意扮冷漠，我原想，也许你不知道自己真实的心意，外冷内热，所以才次次拒绝我。我总幻想着，也许有一天你能看清你的心。我永远忘不了大三的时候，你是怎么回绝我的。"

她的脸色发白，嘴巴因为震惊张得大大的，不住抖动。

这效果让他满意得很，但是还不够。他微笑着，嘴巴几乎要贴上她的脸："可我回来了，知道我的真实身份，你又是怎么做的？还不是贱兮兮地贴上来？你以为你是谁？"

一定是有倾盆暴雨从头顶浇下，一定是的。她只觉得全身冰冷，身体忽然失去了重心，不可控制地来回晃动。

"还有你和温沈锐之间，你曾觉得那么神圣的爱情——"他决定抛出压死骆驼的最后一根稻草，"你真的以为我不知道？"

"你……你……知道什么？"

"你为什么最后去了A大，而不是你和他约好的同一座城市？怎么，你又要说是你爸妈强行修改的吗？真不好意思，那天你爸妈去学校修改你的高考志愿时，我刚好从李校长家回来，走在他们后面。你爸怎么说的，我现在都记得：'我还以为丫头昨晚偷听到咱俩的聊天内容，会跟我们闹呢，没想到她选择了假装不知道。'你妈接着说：'是呀，别看小丫头片子表面上傻傻愣愣的，关键时刻，她知道什么最重要。'"

两人都没有注意到，不远处朝他俩走近的身影突然停下了脚步。

"你不是最想知道温沈锐为什么同你分手吗？那就让我告诉你好了。因为那天，我和温沈锐是一起被李校长叫到他家聊高考志愿的。他和我同样听到了你爸妈的话，一字不差。"

"不是这样的，不是这样的，不是这样的……"别琼捂着脸疯狂地摇头，几近崩溃。

他抓住她的手："想否认？逃避？我的话还没讲完呢。他跟你分手的第二个原因，是因为——"

"别琼！乔磊！"

这低沉有力的声音来得突然，两人没防备，均是一惊。

回首看到一个高挑挺拔的男生正加快脚步走近他们，脸上带着的，正是他们两个都异常熟悉的温和而淡然的笑。

一张瘦削而五官分明的脸明净白皙，站在大片晚霞映红的天空下的他，第一眼已经让人觉得锋芒毕露，格外有距离感。

别琼适才极度的痛苦已经被眼下的震惊冲得烟消云散，下意识地甩脱乔磊的手，倒退两步。

乔磊脸色大变，敏感地察觉出别琼刻意与他保持的距离，却迅速调整表情，笑嘻嘻迎上去——

"温沈锐，你是什么时候到的？"

李校长的治丧委员会刚刚成立，当年人人羡慕的高才生，通知名单里自然有他的名字。

温沈锐的目光停留在别琼脸上，她似乎总学不会在他面前保持镇定，如上次在"麦麦阅读时光"一样慌张，随时准备要逃走。

之后他曾经去"向阳花"幼儿园谈了两次合作，并未见到她，有心找她，怕显得刻意，担心她没准备好，被同事追问说笑，无端徒增烦恼。

他慢慢走近她："别琼，好吗？"

刚才乔磊同她说的话，他都听到了吗？

他知道她当年故意失信，是怎样做到在接下来那么多天的相处中待她如故，装作毫不知情的？

年少时的恋爱，不都是应该这样的吗——个个恨不得抛心扒肝，挖开胸膛给恋人看，看我无处填放的满腔热情，看我坚定蓬勃的赤诚，看我怦怦跳动地、强有力的心脏，看我健康的血液喷涌流动……我亲爱的恋人啊，请你看一看。

为何偏偏她和温沈锐要戴上谁也看不透的薄薄面具，说着所有恋人都会说的情话，做着所有恋人都会做的情事，双方为了彼此付出的一切感动得死去活来，要在多年后才幡然醒悟。

原来，大家不过是在演戏。

你演你的。

我演我的。

多年后再相聚，好戏又开场。

别琼冲上去，恨透了他这副一切尽在掌握的虚伪嘴脸，反正今天出的丑已经够多，她不在乎再来一次。

"温沈锐，这么多年了，死也要死得明白，你和我分手，到底是因为什么？"

乔磊嘲弄地摇着头："我觉得，你还是不知道的好。"

"滚！你给我闭嘴！"

别琼声嘶力竭的大喝声震到他，他识趣地闭上嘴巴。

温沈锐将一切看在眼里，依旧是那副淡淡的神情："四年前就没打算告诉你，你觉得我现在告诉你，合适吗？"

他就是有这种本事，能够随时随地点燃她的易爆点，挖掘出她人性里最坏最恶的一面，像吸铁石席卷落在地上的铁粉，逐个儿将它们吸附出来，聚集在同一个地方，集体爆发。

"滚你妈的，少来这套！"只差对他拳打脚踢，别琼失去理智，发疯般大叫，"四年前你欠我一个解释，现在当然要给。一个男人，同女友分手时，最起码的诚意，要给对方一个交代。你连给交代的勇气都没有，还算得上是个男人吗？"

可惜这种激将法对他是没用的。

他不为所动，默默站了一会儿，就在乔磊都觉得他会一直沉默下去时，突然听到他缓慢而低沉的声音："你说得对，我不算男人。"

一心想要和仇人斗个你死我活、决战到底的人，最怕什么？最怕不论你使出什么招数，动用什么武器，如同凡间小国家的卫士想要拿闪着熠熠光芒的大刀砍向孙猴子的脑袋，却连个火星都冒不出。

别琼颓然坐在地上，今天一定是她的倒霉日，出来时应该看看今日星座运势的。分手那么多年，还在执拗地问对方是什么原因，够不够傻，够不够丢人？

乔磊将她的动作尽收眼底，目光中愤怒且嫉妒的火苗已经等不及想要蹿出来点燃外面这团火。

"既然你不说，那就让我来说吧。"他慢慢蹲下来，并不理会温沈锐诧异的神情，"小别，温沈锐考入医学院后，是被校方劝退的。"

"劝……劝退？"

"不然，你以为是什么原因让他放弃梦寐以求的理想大学，莫名其妙地跑到南京读个二流学校？大家都说，他家里一定在政府有人脉，居然能改志愿。"

别琼看着他，脸色发白："原因到底是什么？"

"这就需要你自己问他了。"

同归于尽好了。

乔磊冷笑着继续发问："问问他这个全市第六名的高才生到底干了什么好事，会被校方强制退学？"

温沈锐依然站在原地，目光扫过蹲坐在地上的两人，淡淡回应道："你说什么，就是什么。"

……

跨过整个世界的喧嚣与繁华，只有三个人的操场上，仿佛时间停止，定格在这一刻。

不知道哪里有人点燃了爆竹，"砰"的一声巨响震耳欲聋，等人们调集敏感的神经竖起耳朵做好防护时，却又无声无息地迅疾消失。

正如它爆发时那般突如其来。

第六章 ———

Chapter 6 ____

我们常讨厌别人动辄说自己变了，可同时，又轻 ————
易对他人下着同样的结论——

你变了。

如果常有人这样对我们说，最佳回复是什么？

1

那晚回去后，别琼半夜发了高烧。

她哆哆嗦嗦地裹着被子从抽屉里抓了几粒药扔进喉咙，灌了一肚子白开水躺在床上，迷迷糊糊出了一身汗。没多久又忽冷忽热，头重脚轻，像是置身在漫天大雪、荒无人烟的冬季田野里，被人用铁钩钩住，架在火上烤，上下左右翻转，寸寸灼痛。全身有气无力，哪儿哪儿都疼，腰、胃、腿抽筋，嗓子里冒火，说不出话来。好容易熬到天大亮，依稀听到客厅外钥匙转动，猜是邵小尉回来，勉强提起精神叫了两嗓子。等到邵小尉推开门看到她，她已是气若游丝，几乎不省人事。

　　那是她第一次坐救护车，听得邵小尉在边上哭，说着"别琼，你会没事的，坚持住，没事的……"诸如此类的话，她想起小时候下楼梯弯腰捡橡皮鸭，身体前倾，不受控制，挨着台阶往下滑。在身后锁门的妈妈吓得嗷嗷大叫，一边往下跑抓住她的腿，一边嘴里安慰着，"宝宝别怕，妈妈在，没事的"。

　　半夜她从床上掉下来，黑漆漆的夜里一声巨响，她喊"妈妈救命呀"。妈妈迅速爬起来抓住她，"宝贝别怕，妈妈在呢"。

　　刚刚拖完的地板很滑，她蹒跚学步，趁人不注意滑下沙发，一个趔趄朝后仰去，后脑勺直磕在地板上。她听到闻声赶来的妈妈说，"宝宝别怕，妈妈在呢"。

　　骑小小三轮车去公园，不知道谁家牧羊犬没拴狗链，汪汪叫着猛扑上来。妈妈迅速抱起她转过身，"宝宝别怕，妈妈在呢"。

　　……

　　以至于她开口讲话，听到妈妈在厨房里切菜不小心切到手发出"呀"的一声，小小人儿都会跑过去紧紧抱住妈妈，像煞有介事地说："妈妈你别怕，宝宝在呢。"

　　可是她慢慢长大，遇见任何事再不会像幼时那样大呼小叫，同大家一样，学会处变不惊，再大的事情，她都懂得不动声色，神色内敛；再恐惧、不快，也从不表露在脸上。而妈妈也再不讲"宝宝别怕，妈妈在呢"。

　　她做了很长很长的梦，梦中的她站在某个点上不停地奔跑，耳边听得温沈锐的声音说"来找我吧"，四下张望，拨过重重迷雾，只看到他正站在圆心，想要跑向他，奈何脚下生风，终究只是在不停地画圆，分毫没得接近。直到乔磊突然出现，牵着她的手说，"我陪你一起跑吧"。

　　他拖着力气散尽的她向前进，不顾她喃喃叫着"我跑不动了，跑不动了，我不跑了"，从身后抽出一条皮鞭来，他说，"如果你不跑，我就抽你了"。

这样你就精神了，也有力气跑了。

"我还有别的办法呀"，说着，他相继掏出了蜜蜂、蝎子、响尾蛇和锥子。

继而手指拂过耳际刺啦撕下一张面皮来，露出一颗骷髅头，热情如火地贴上她，吓得她转头便跑……

醒来是一周后。

睁开眼，只见置身洁白的病房，手臂上挂着点滴，透明的液体正滴答滴答通过细长的管子注入血液。一袭白裙的邵小尉和一位高她整整一头的"白衬衫"在说笑，看上去好一对金童玉女，郎才女貌。那声音如此熟悉，直到他走过来，看到她睁大的眼睛——

"别琼，你终于醒了？"蒋晓光的声音充满惊喜，他对邵小尉说："你看你看，她醒了。"

——他们两个什么时候这么熟的？

"别琼，你都吓死我了。"邵小尉又哭又笑，奔到床头，"知不知道我救了你一命？病毒引起的细菌感染，一周高烧不退，你自己又吃错了药，严重肝损伤，一抽血，化验数值都超高。"

她不知道说什么好，原来一睡竟然有七天，看到电视剧里这么演，她一直觉得夸张。

蒋晓光说："是呀，把大家吓坏了，好在医生说，你只是太累了。可辛苦小尉了，这几天，她一直陪床，几乎寸步不离。"

虽然有点儿奇怪，她也顾不得问其他，笨拙地说："小尉，谢谢你。"

邵小尉的眼睛红红的："滚啦，我是为了让你说谢谢吗？"

"我点了几份热粥，估计十分钟就能送到。你们姐俩儿好好聊，没什么事的话,我先回园区了。"蒋晓光拿起放在椅子上的外套往门外走。

别琼想起乔磊那天说的话,她叫住他:"蒋园长,关于亚盛的事情,我……我想解释下。"

"亚盛?"他退回来,"忘记告诉你,别琼,我们已经签署了风险投资协议书,这几天相关工作正有条不紊地进行中。"

"已经……已经签了?"她惊得想要坐起来,几天没进食,全靠点滴营养液撑着,起到一半被邵小尉按住。

"有话躺着说,急什么。"

"可是……"

蒋晓光的手机铃声急促响个不停,没时间多说,他看看来电显示:"别琼,你功不可没!放你一个月的假,好好休息。等你回来,咱们再并肩战斗。"他匆匆出门。

邵小尉送他到门口,蒋晓光接完电话,两人压低了声音又说了一会儿话,她躺在床上越发迷糊。

外卖小哥送来营养粥,邵小尉坐在床头,用淡黄色的一次性小勺喂她吃。

她本想推辞,奈何身上一点儿力气也没有,也懒得客气了。

"丫头,傻了吧?亚盛这次投入四千万美元获得45%的股权,首批资金已注入,算上亚盛委派的两名董事,共计五位董事会成员。你嘴里经常叫的蒋园长,如今已经是蒋总经理了。至于张董,现在是执行总裁。"

她对这些一向马虎,随口问道:"那又怎么样?"

"你还不明白?"邵小尉十分意外。

"明白什么?"

"乔磊是公司的董事长了。"

什么?

热粥呛到气管里，咳个不停。

"我还以为你知道，这一周，他每天都来看你，也不说什么，搬把椅子坐在床边，只是默默看着你。"邵小尉神色狐疑，"他好像，变了。"

我们常讨厌别人动辄说自己变了，多少人自以为是，以为他们有多了解，了解我的容貌、我的内心？我的性情，我的思想，我的穿衣打扮，我的喜好？还是我对你对他人的态度？更或者，是我曾经或者将来本该拥有的生活？

我们一面这样讨厌着如此说我们的人，可同时，又一面轻易对他人下着同样的结论——

你变了。

如果常有人这样对我们说，最佳回复是什么？

很遗憾，没能给出一个机智得让人拍案叫绝的答案，也许对于别琼这样的人来说，只是一句——"干你屁事"就够了。

2

邵小尉说："蒋晓光立下了汗马功劳。亚盛前几天派核心团队去你们园区进行最后一次实地考察，他在考察结束后进行了一次精彩的发言。"

"是吗？"别琼的语气不无遗憾，"可惜我没在场，真想知道他都说了什么。"

邵小尉掏出手机，调好视频内容，表情颇为得意："就知道你会这么想。喏，给你！"她把手机放在别琼病床上的小餐桌正中心，按下播放键，往别琼枕头边坐了坐，小脑袋靠过去，"你的同事关嘉嘉昨天看你时拷给我的。说你肯定感兴趣。"

手机里，蒋晓光正站在"向阳花"最大的会议室内，西装革履的他，打了白色星点的领带，微微颔首，目光锁定放置在主席台上的笔记本，右手滑过斜上方的鼠标，举手投足间洋溢着十足的自信。

轻轻一点，身后巨大的投影仪出现清晰的画面，依稀听到机器轻微的运转声。

"各位，在开始我的发言前，我想请大家看下面一组数据——"

他转过身，指着背后的投影仪，浑厚的中音响彻整个会议室——

2009年10月，云南建水县西湖幼儿园老师孙琪琪用注射器针头扎20多名不听话的4岁儿童。

2009年12月，重庆渝中区南区路幼儿园，实习老师逼迫5岁女童舔吃痰。

2010年5月12日，陕西省南郑县一民办幼儿园发生幼儿被砍杀恶性事件，7名儿童死亡，13名儿童受伤。

2011年6月，北京朝阳区童馨贝佳幼儿园，6岁女童被一名女实习老师用缝衣针扎伤腿部。

2011年6月，济南世纪佳园大风车幼儿园15个孩子被强迫蹲厕所、关小黑屋、被打屁股、看恐怖片。

2011年8月，长沙金太阳幼儿园南国园，两岁零七个月女童午休乱跑，遭班主任老师扇耳光并悬空拎起。

2011年10月，西安苏王早慧幼儿园，一4岁男孩因没做好操，被幼儿园老师用锯条锯破手腕。

2011年12月，陕西旬阳县磨沟幼儿园园长薛同霞，因小朋友背诵不出课文，用火钳将10名孩子的手烫伤。

2012年2月，北京海淀区上地爱心幼儿园，3岁男童指认教师用针扎小鸡鸡。

2012年10月，浙江温岭城西街道蓝孔雀幼儿园女教师强行揪住一名幼童双耳向上提起，被揪耳幼童双脚离地近20厘米，表情痛苦，号啕不止。经网友"人肉"搜索，更多虐待幼童的照片被曝光：往孩子的嘴巴上贴胶纸，把水桶、垃圾斗套在孩子头上，更有甚者，直接将孩子扔在了垃圾桶中……

……

会议室内就座的人士开始交头接耳，有了不小的骚动。

等议论声渐静，蒋晓光正色道："近年来，毒手频繁伸向幼小孩童，幼儿园虐待儿童事件屡屡发生，引出全国各地无办学资格的幼儿园因管理无序出现的一系列问题。究其原因，我认为主要有以下几点：第一，幼儿园的办学资格门槛比较低，尤其在公立幼儿园难进的情况下，民办幼儿园遍地开花，这直接导致幼儿教育机构教学质量良莠不齐。众所周知，参加教师资格评审必须通过教育学、教育心理学两门学科的考核，而且要通过普通话考试并且拿到贰级乙等证书方能报考，修满这些科目的人士，必须携带以上学科的有关证明到当地的教育局申请，才能通过审批。"

"要这么严格？你有没有考下来？"邵小尉插嘴。

"有啊有啊，你不知道多难考，考了两次才考过的。"

别琼一面回答她，一面继续看。

"国内有很多地方，人们并没有认识到幼儿教育的重要性，认为不哭不闹饿不着就可以了，以养猪的方式养孩子。请来的幼师，不要说幼师资格证，甚至都没有参加过系统的教育培训，连师德、师风为何物都不清楚，更不要提责任心。"

邵小尉又插嘴："你发烧的第二天，咱麦城发生了一件家喻户晓的大事。"

"什么事？"

"小太阳幼儿园，你知道吧？"

别琼皱眉想了一会儿："一街的那个吗？号称伙食最好的那家？"

"没错。他家幼儿园老师和校车司机送学生去幼儿园时，将一名三岁多的小男孩遗忘在校车上。下午送学生回家时，发现孩子已经被闷死在校车里了。"

我的天！别琼听得头皮炸开："真的假的？"

"幼儿园仗着自己认识教育局的领导，还想给点儿钱私了。结果家长发了微博，各省的主流媒体跟进。这几天，幼儿园门口围满了全国各地赶来的记者，中央电视台都报道了。"

因为喜欢小孩子，别琼每天上班都会特意去教学区转转，看着活蹦乱跳的小朋友，他们的笑容可以洗涤心灵，不知道扫却了她的多少莫名烦恼。

只要稍微有一点儿责任心，别琼想，上车的时候计算总人数，下车的时候清点，最后从头到尾看一遍再下车。或者主班老师发现人没到，打电话同家长通个消息，完全可以避免。

现在说什么都晚了。

一个鲜活的生命已经逝去，与之同时逝去的，还有那个曾经幸福的家庭。

手机里的蒋晓光还在滔滔不绝——

"第二，相关部门对幼儿教育监督缺位，缺乏管理。大家通过电视、报纸等媒体的报道就可以了解，每次出了事，记者采访相关领导时，发言千篇一律，这家幼儿园无办学资格，属于私自违法办学，必须严查，相关教师必须开除——我说句难听的话，您早干吗去了？话又说回来，良好的幼儿教育机构，不能靠监督，最重要的是靠自我的完善和强化管理。"

　　说得好，别琼默默在心中点赞。

　　"第三，为什么频繁出现虐童事件？幼儿闷死在校车内，稍微有一点儿责任心就可以避免这种事。最直接的原因是各地幼儿园数量猛增，大家投入侧重幼儿园校舍建设较多，忽视了师资素质。而在所有行业排名倒数第三的幼师薪资，也导致了一些不成熟的幼师极具负面情绪……这个在二三线城市尤其严重，久而久之，就发泄在学生身上了……"

　　"我小时候不好好吃饭，还被老师用绳子绑在栏杆上，直到放学我妈妈找过来……"提起当年事，邵小尉恨得直咬牙。

　　那时候家长才不重视这些事情，不缺胳膊不少腿就算OK。

　　不少人都是带着一肚子暗黑故事默默成长的吧。到了小学就更变本加厉了——

　　"该打就打，该骂就骂，千万别手软。"几乎所有家长都说过这句话吧？

　　"不得体罚学生"的口号叫了那么多年，真正体罚了，谁敢说个"不"字？除非你有种，想好了转学到哪里。

　　蒋晓光的演讲已经进入尾声："幼儿教育对孩子的成长至关重要，'向阳花'严格遵守我国民办幼儿园的审批条件，除了良好的校舍建设，我们尤其注重师资素质。所有主班老师、任课老师，甚至是育儿老师，面试均在三次至五次以上，甚至会进行家访，充分从各个方面、各个细节

　　【 如果你曾奋不顾身爱上一个人 】

详细了解他的性格秉性、心理素质、情绪控制水平等，才会正式聘用。入职后，先去海外培训一个月，试用一个月后入职。我们也会不定期组织幼师参观国内外优良幼儿园，学习交流。同时，建立良好的薪酬及休假制度，充分保证并稳定幼师的生活质量……"

……

邵小尉说："咦，这里我没看过，出去接个电话就错过了。没想到你们幼儿园招聘这么严。"

手机弹出提醒："电量所剩不多，请及时充电。"视频暂停。

别琼重新按播放键。

"众所周知，被国际上称为'真正的优秀教师乃至闻名世界教育史的幼儿教育家'蒙台梭利认为，幼儿教育的本质与意义是在帮助幼儿的生命完美成长。她主张幼儿教育的目的并不是为入小学做准备，而是为他们的一生奠定智慧和品德的基础，培养终身学习的好习性，塑造完美的人格。六岁前，儿童养成良好社会性行为和人格品质，六岁之后不过是强迫性重复。'向阳花'正是以蒙台梭利理念为基础，结合中国实际情况，开创真正适合中国宝宝们的独特教育理念，帮助宝宝在六岁前积极地适应环境，养成良好的独立能力和学习能力。"

蒋晓光激昂陈词："更加值得一提的是，我们在所有的'向阳花'分园全部开通了幼儿园视频直播远程监控平台，基本能够满足家长的需求。不论家长在何处，只要凭借密码登录这个平台，随时都可以看到自己的宝宝。除厕所外，无论上课、吃饭、运动、娱乐……全都被透明公开展示，孩子们的图像会清晰呈现在电脑或手机上。"

他的语气一沉："当然，可能对于绝大多数家长来说，主要是想通过视频确定自己的孩子没有被虐待，添加这个平台前我们也曾经犹豫过，以这样的方式取得家长的信任，也许并不可取。可我又想，也许正是因为幼师和家长之间缺乏信任，才导致这个平台应运而生。我相信，随着广大家长对我们的充分了解，我对我们'向阳花'的师资力量充满信心，它的主要功能，将是使家长和我们的幼师一起见证宝宝的成长，毕竟，每个人的童年只有一次，孩子们每天将近九个小时都在幼儿园里生活，家长不应该也不能错过这些美好珍贵的时刻。"

……

长达一个小时的演讲后，是亚盛以律师、会计师、投资顾问组成的核心人士对"向阳花"管理团队的自由提问，历时两个多小时。

别琼没兴趣听，当然，关嘉嘉也没兴趣录。

她问："所以隔天亚盛就签了合同？"

"是吧。"邵小尉拿着手机，语气很是敷衍。

别琼想，乔磊真是个神经病，他不是说要取消吗？

大病初愈，思路完全是断开的，她总算想到了关键点："你不上班了吗？戴川给我打电话，说你交了男朋友，什么时候的事？"

"跟领导好说歹说请了一周的假，反正也可以在医院办公，有宽带嘛，他也就同意了。"

她只好再次重复那个话题："有男朋友还想瞒着我？"

"没有的事，就是好朋友见见面，吃吃饭。别听他胡扯。"邵小尉这么说着，却没敢看她，脸扭到另一边，假装找东西。

别琼只想着不好意思再耽误她的时间，执意撵她走。邵小尉见别琼精神不错，叮嘱了几句，从抽屉里掏出充好电的手机塞给她，半推半就也就离开了。

手机有几条垃圾短信，关嘉嘉问她为什么几天不上班。还有一条陌生短信，问她最近好吗，又没有署名，直接忽略。

下午两点多护士又加了一袋点滴，直输到快五点，告诉她隔天抽个血，没什么大问题的话，就可以出院了。

精神果然好很多，拔了输液针，她干脆下床出去走走，虽然仍觉得身体虚弱得很，可窗外那片绿草地着实吸引人，室外的空气也是真清新。

她靠在草地边供病人休息的长椅上，闭上眼睛。

一个月的假吗？似乎并不需要的。

乔磊成了董事长？她拿捏不了他对她的态度，犹豫着要不要辞职，可自己热爱这所幼儿园，只有更多。

长长的过道突然传来急促的脚步声，有人喊她的名字。

"小别，小别。"

她闭着眼，动也没动。

来的人声音先慌，她被人一把拎起来，肩膀被人捏得生疼。"你没事吧，别吓我。"未等她睁眼，来人已经大喊，"医生，医生！"

她只好张口："好了，别喊了，我还没死呢。"眼睛依然未睁开。

对方长长舒了一口气，又问："眼睛怎么了？"

"懒得睁。"

"扑哧！"终于笑出声，"你呀，鬼灵精，可把我吓死了。"

"还有一层不肯睁开的原因，是因为我怕睁开后，"她慢慢地说出后半句，"乔磊，我怕你……突然又换了另外一副嘴脸。"

短暂的沉默后，乔磊说："别琼，我就是想气气你，你也不想想，我容易吗？这么多年受了你那么多气，好不容易回来遇见你，我也想试试气人的滋味。"

"这滋味好吗？"

"不好，"他说，"比你气我还难受。"他难为情地挠挠头，"以后不这么玩了。"

……不这么玩了？亏他说得出口。

"所以，我们之间，和好了？"

"当然，"他说，"那天你离开后，我很后悔没追上你。我想，他也是吧。我们俩站了半个多小时，愣是一句话没说，各开各的车去治丧委员会会合。

"可我没想到你那么傻，那么远的路，你居然一个人走回去。脚疼吧？听邵小尉说，你的脚上都是血泡，她都不敢直视。"

不是傻，她在心里说，只是很想走走看，这条路，是不是还可以一个人义无反顾地继续走下去。

"我还是想知道那个问题的答案。"

"哪个？"

"他……退学的事情。"

"哦，老实说，我真不知道，只听朋友得到确切的消息，他的确是被劝退的。我觉得，他那么好的高考成绩，肯定是发生了什么绝对违反校规的大事，才会给出这个处理决定。"

"大事？"她反问，"你是暗指他做了什么，打架？斗殴？嫖娼？还是盗窃？"

"这就只有他自己清楚了，听说学校处理得非常微妙，对外绝对保密。"

"但……"话说到一半，她又忌讳地闭上嘴巴。

他替她说出口："你是不是想问，不论多么不光彩的理由被退学，反正也没人知道，他依然可以同你继续交往，是不是？"

她没说话，算是默认。

"小别，男生同你们女生的思维角度是不一样的。你们女生恋爱后，可以满脑子百分之百装满爱情，分分秒秒。可我们，爱情最多占据全部生活的30%。所以你想想，当像他那样一个清高的男生被理想院校录取又被劝退，动用所有关系花掉家里不知道多少钱，才保住他被南京一所大学录取，所有的前途、理想都离他渐行渐远，还有一个你这样突然失信于他报了A大的女友，你觉得，他的脑袋里还剩下几分爱情？"

原来是这样。

"所以，还是忘不了他？"

"忘，可能忘不了，但总可以彻底放下了。乔磊，你不知道，这期间，也不是没人追求，我都拒绝了，并不是他们有多不好，而是我总存着那么一丝侥幸，就像不小心被推到悬崖下的人渴望有棵树伸出枝丫挂住自己，就算全身被磕挂得伤痕累累，可好歹留了一条命。我想，他多多少少还是爱我的吧。可那天我们分开后，我一个人从十三中学往回走，我就是想试试，这条路，到底是不是我自己想要走的那条，如果是，我还能坚持多久。我是不是可以真的能够抛弃一切，彻彻底底义无反顾、奋不顾身一次。"

他不忍再听："小别，我送你回病房吧，晚上你想吃什么？"

"你听我把话说完。既然要说，就彻底说开，此后我绝不再多讲一句。"

她继续说："那条路真长真黑啊，你不知道我有多害怕，路上飞速行驶的车有那么多，我就想，他们是谁呀，要到哪里去呢？有没有人像我这样，为了爱情，为了那个人，整日整夜痛彻心肺呢？还有好心人停下来问我，'要不要载你一程'，他说'姑娘，我不要钱的，你别担心没有打车费'。到后来，连警车也停下来，以为我精神不正常，或是遭人抛弃离家出走。"

他啼笑皆非："后来呢？"

"后来警察好说歹说把我拖上了车，你没想到吧，一天之内，我不但坐了警车，还坐了救护车。"

他无以应对。

"我想通了，乔磊，从今天开始，之前的事情，就彻底翻篇吧，我得朝前走了。"

"小别，"他拉过她的手，手指钩住她苍白的小手指，像极了小时候伙伴们玩游戏的动作，"拉钩上吊，一百年不许变！"

"我的这页可不可以不掀过去？我的心，你不会不懂吧？"

——乔磊，你又来了，你总是会选择在我最为沮丧的时候向我表白，这个毛病，能不能改改？

她耐心劝说他："乔磊，别执着了，你对我好，我都知道的。可能连你自己都没察觉的是，你不过是因为小学时受过我的恩惠，对我有好感。接着又放大了这种好感，以为这就是爱。听我说，其实这离爱远着呢，你慢慢想通，就会明白了。"

"不是这样的……"他结结巴巴地解释，"我去老师办公室办理入学手续时，第一眼看到你就……"

她已无心再听："乔磊，我累了，送我回去吧。你看，起风了。"

他只得闭紧嘴巴。

3

出院后，别琼在家中躺了足足两周才恢复元气。

跟乔磊谈开后，倒是不着急去上班了，反正蒋晓光赏了她一个月的假期，以后哪有这么大方？

母亲大人不明所以，一直以为她去国外培训了，打电话逮到她，催她相亲，原本对此一向排斥的她满口答应，倒是把她老人家吓了一跳。

"哎哟，我的个囡囡。你妈没听错吧？"笑得几乎能听到电话那端房屋的颤动，"你答应了，你答应了，是吧？"

从什么时候起，母亲大人对快乐的要求这么低了？

她笑嘻嘻地满口答应："是的，我答应了，赶紧把你周边老太太们的单身好男人资源发过来吧，"想开了，似乎心情都是好的，"等着寡人挨个儿接见他们。"

母亲大人真不含糊，一周就发配过来五个男人，约好一天见一个："周末就不见了，给你点儿时间，好好思考下哪个好。"

对于生平第一次相亲，她还真有点儿紧张，打电话给邵小尉，请她跟着一起见。

她不是早就说过要做全城最美貌的交际花吗，为什么接到电话还满嘴拒绝，像是自己要害她？

架不住别琼再说恳求，她总算答应了。

第一个男人，是某大学的哲学老师，大别琼五岁，因为人家下午还有课，地点就定在了大学校外的一家茶餐厅。

人长得有点儿像外星球来的，眉骨突出，鼻子宽而厚，脸形四四方方，额头且宽，但并不算丑，只是有点儿怪。

吃饭的时候大快朵颐，十分痛快，让看的人食欲大增。聊了几句也不是没话说，总体来说，倒也说得过去。埋单时请别琼AA制，客气且文雅。

邵小尉禁不住频频冷笑，她当然看不上他。

别琼好涵养地送走对方，当今时代是千金一刻的时代，教师男效率奇高，没多久妈妈就打来电话。

"黄三姨是个什么东西，介绍这么一王八蛋给我，我还觉得她为人不错，跳广场舞的时候我不会，她还特意从网上找了视频跟我一起跳。没想到她是这种人，老娘要跟她绝交……"

她听得糊涂，问了半天才知道，教师男没相中她。

没相中倒也罢了，买房子还要看上个一年半载才能下定决心签合同付钱，何况是挑选与自己度过大半生的另一半。但关键在于，没相中，出于礼貌或者涵养，不论对对方有着什么样的不满或者看到什么样的缺点，大家都会委婉地说一个客气的过得去的理由。

可教师男的理由很直接，他回绝的理由是——

年纪有点儿大。

别琼气得想掀桌，尼玛，年纪有点儿大，我没挑你，你倒挑上我了。

邵小尉说："人家说得也没错，他80后，你85后，他可以找80后的、90后的，你呢——只能找70后和80后的。可人家70后和80后的单身男人，稍微有一点儿条件好，有好工作有房子有车啦，都愿意找年轻漂亮的90后小姑娘。你就说你吧，到底哪儿好？人家凭什么放着年轻漂亮的小姑娘不找，找你一大龄单身女青年？"

"我……"

"你想说，你还算有姿色，工作也尚可，性格活泼开朗善良？拜托，这值几个钱？人家会说，我年轻貌美还胸大呀。你有吗？"

她正欲反驳，突然听到身后有人发出低低的被压抑的笑声，邵小尉最先站起来："温沈锐，我就听出来像你，给我滚出来，偷偷摸摸干吗呢？"

"我不是故意的，"温沈锐干脆走过来坐到邵小尉旁边，"我来图书批发城看看有什么新书上市，逛了半天，来这里吃饭，刚坐下，你俩就进来了。有心打个招呼吧，又怕坏了你俩的事儿。"

与他对坐的别琼反应淡淡："哦。"

他应该都听到了吧，听到了也好，她巴不得派个人专门告诉他。

邵小尉找个理由先走，别琼拉住她的衣襟："不用的，小尉，你不用走，我俩没什么话要单独说。"

设想到他一本正经道："邵小尉，今天对不住了，我有话要和她单独说，所以还是麻烦你先走吧。"

这真是少有的事，邵小尉打着哈哈离开了。

她开门见山："说吧，你有什么事？"

"听说你前一阵生病了？"

"嗯。"

"现在好些了吗？"

她耸肩："如你所见。"

"你一定要用这样的态度和我说话吗？"

"不然呢，"她凝视他，"你觉得，我应该用什么样的态度和你说话？"

他挪开目光，沮丧的心情突然外泄，像极了学生时代发卷子时发现因马虎而丢掉的分数时懊悔的表情："没什么。"

"温沈锐，不打哑谜了，既然你今天撞到了，我们就把话说开吧。"她搅动着玻璃杯内的吸管，"以前因为什么，我不想追究了，这太没意义也太傻。我不知道你为了什么回来，也不知道你现在是否单身，现在的我，只希望好好工作，尽快找个人嫁了。希望再见时仍是朋友，祝你的店生意红火。"

这些话积攒得足够久了，她说的时候一气呵成，哪句话什么表情，十分到位精准。

"别琼，我……"他像是下了很大的决心才说出口，"大家都说，学生时代的恋爱，都是为了今后的婚姻生活做练习的。可我从没那么认为过，既然决定牵手，我当时想的就是一生。所以当你提出要我和去医学院所在的城市时，我怕你这么做，影响你的前程，又怕你不那么做，证实你也许并没有你自己想象的那么爱我。当时的我……的确有苦衷，当然，这苦衷在今天的我看来，显得格外幼稚和无力。"

这些年，他一定过得也很辛苦吧？当年盛气凌人、胸有成竹、一切在握的少年已然不见了踪影，下巴布满青色胡楂，看得出饱经风霜。谈恋爱的时候，他仅仅嘴角两边有淡淡胡楂，那时的她，常调皮地用手指摸来摸去，扎扎刺刺，手感像是摸一个剃了光头的幼童头顶，最适合打发无聊时光。

她听到他说："这些年，北京、上海、广州……我都待过一阵，公司出差机会多，待遇也还算好，可不论有着怎样富足的生活，午夜醒来，似乎总有一个声音对我说，这不是你的城。"

所以，他是为了这个才回来的吗？

"这些年，有的是同事朋友介绍，有的是女生主动示好，我陆续接触过几个女生。本想，如果她们能够接受，就尝试着交往。可每当我说出实情，对方便仿佛见到一个怪人，吓得脸色苍白，或者假装神色自若，但很快找个理由迅速离开，此后再无任何联系。"

答案呼之欲出了吗？

别琼的心怦怦跳着，似有节奏地打起了拍子，这拍子打得越来越急，声音越来越大，像要冲破胸腔冲破屋顶，享受冲破所有捆绑、所有障碍时爆发的力度和快感。

"我用了这么多年的时间才想明白，别琼，我宁愿对别人说，也不敢找你透露分毫，我能够接受她们的拒绝，可绝对不是你，如果是你……"他的声音越来越轻，直至凝噎。

不知过了多久。

"如果是你，"他说，"对我来说，只意味着毁灭。"

她屏住气息。

"大一入学没几天，那时我们还在军训，校方组织大家去体检。结果我……被查出来……是乙型病毒性肝炎。"

说完这段话，他的脸色煞白，垂着头，似绝症病人听医生交代病情。

"之前高考体检时还是正常，我想，也许是有一次口腔溃疡，我在外头小摊上吃了什么脏东西，被传染上的吧。查出来后，院长还曾为我说情，但因我选的专业要求，最后处理的结果是不对外宣布，他还好心地生平第一次动用了他的关系帮我改志愿。你知道的，当时我非医学院不报，我所报的专业因为体检结果，是没有一家肯录取我的。"

原来如此。

她想起乔磊说他家人在政府那里有人脉，谣言真是可怕。

已过午饭时间，茶餐厅的客人寥寥无几，服务员们坐在最里侧吃工作餐，无人注意这对正在聊天的男女。

"这件事情，让一直意气风发的我性情大变。我又了解到很多企业在招聘时，严格要求查肝五项，不合格者一律不予录用，彻底对未来的人生充满了绝望。到了N大后，每天的日子，不过是混吃等死。我连自杀都想过……可一想到我爸，就又怂了。那时，我确实顾及不了你，看到任何人都觉得是仇人，恨不得找个炸弹抱住几个人轰上天，大家一起同归于尽，垫背的人越多越好。那时的我，恨你们身体健康，恨你们可以复读，今年考得不理想，复读再考，来年还有希望。我恨你们可以放声大笑，恨你们有交好的朋友同出同入……我恨所有人。尤其恨你！"

……原来是这样。

"我是在那个时候才特别介意你出尔反尔改志愿去了A大的，之前还能理解，可那时只有仇恨。说什么爱我，为我可以牺牲一切，不过都是骗人的。既然如此，还在我面前演什么戏？你越找我，我越恼怒……陷在怪圈里出不来，连宿友打鼾我都觉得是错的。"

她不知道要说什么，这答案来得太晚太突然，她需要好好消化一阵。

"目前全球3.5亿乙肝病毒携带者中，有近1亿是中国人，全球每年大约70万病毒性肝炎相关死亡人群中，中国人占了将近一半。有很长一段时间，我的脑子里已经装不下别的东西，全部都是这个病情带来的冲击，生命、未来、前途、理想……全部是泡影，当时的我，哪里还敢去奢谈他妈的什么爱情！"

他压抑太久，说话的时候，嘴唇都是哆嗦的。

"大学毕业后，找工作屡屡受阻，社会对这个人群的歧视，远远超出我的想象。我曾经看过一组资料，提到对于感染乙肝病毒的影响，调查显示，8.5%的乙肝病毒携带者是因乙肝病毒感染而失业；15.4%的人因为乙肝病毒而没有找到工作；44.8%的病毒携带者已经就业，但单位不知道他的病情；只有31.3%的就业没有受到乙肝影响。如果知道他身边的人感染了乙肝病毒，39.2%的人会像以前一样与之交往；23.6%的人表示会与感染者减少接触，并保持一定的距离；33.7%的人表面没什么，可是心里会介意；3.5%的人甚至会立刻避而远之。得知自己丈夫、妻子患了乙肝，21%的人会选择离婚……这些数据，会让你了解，我曾经过的是什么样的生活。"

她从未见到他这般萎靡不振的样子。

"算了，不说这个。"他苦笑着，"后来我遇到了一个好医生，虽然目前全世界都无药物能彻底根治，但我对病情慢慢有了正确的认识。后来我得知，国家劳动和社会保障部、卫生部曾经联合发出《关于维护乙肝表面抗原携带者就业权利的意见》，明确要求医疗机构不得将乙肝病毒血清学检查作为体检常规项目。除饮食、托幼和军校等机构，其他用人单位不得强制要求应聘者进行乙肝检查。至于婚检，早就取消了这一项。"

他的力量在慢慢聚集："我想通了，如果这是我的命，那我也只好选择接受它。包括现在，虽然社会对乙肝病毒携带者还有一定的偏见和歧视，但过了这么多年，我早不是当年的我。"

他终于回归正常状态："别琼，早就想找机会告诉你，可一直不知道如何开口，今天既然遇到，择日不如撞日，那就和盘托出吧。"

"现在讲出来，舒服一点儿了吗？"她不知道如何安慰他。

"有，当然，"他的眼睛有些湿润，"还恨我吗？"

在知晓全部真相后，只有百感交集。

她问："之前你的QQ签名，'老婆会武术，我也挡不住'，是……"

他惊讶于她耿耿于怀的居然是这个："你一直记得？"

"嗯。"

"是邵小尉给我打电话，说我执意和你分手，你一直走不出来。让我改个签名，你看到了，也就彻底死心了。"

哈，邵小尉，居然是邵小尉。

"请原谅我，"他坦诚地看着她，"当时我年少，不够有担当，也不敢和家人谈，只顾逃避，迁怒他人。我顺风顺水惯了，从没跌过这么大的跟头，更别提什么积极的困难观。"

她唯有微笑。

"别琼，这些年，横跨在你我之间的事情太多，我明白的，就算我们两个都想回到当初，恐怕也是有心无力了。"

他说这话时，也许是错觉，别琼觉得他的眼中似有流星飞速驰过，像极了绝症病人盯着医生，希望对方宣布搞错了病历，或是误诊，可那希望之光一瞬即逝。

"听完你说的这些，让我对你的经历充满怜悯和敬畏，可如果回到感情这件事本身，你刚才问我是不是还恨你，如果让我说心里话，那么我的回答是：是！当然！说穿了，你对我们之间的感情根本没有信心，诚然有你生病这个强大的借口，发生那么大的颠覆性的改变，不知如何应对，我都理解。可对我来说，我爱的人哪怕得了白血病、癌症……任何绝症，不论是他执意主动驱赶，还是我无情主动离开，生病都绝对不是让我和他分开的理由。"

眼泪夺眶而出，一颗一颗滴在面前的透明玻璃餐桌上，"不论有着多么大的改变，如果我们分开，一定是我们当中的任何一个变了心。你对我、对我们的感情没信心，我不责怪你，我也没有资格责怪你。要怪，只能怪那时我们年少，心智不成熟，对爱情的理解和表达方式也不同，更因为，"她停顿了好一会儿才说出，"也许是，你我从来都不曾懂得，什么是奋不顾身爱上一个人。"

他默默看着她。

"比起'奋不顾身爱上一个人'，在这场恋爱中，我们都是最自私的那个，我们都更爱自己多一点儿。"

纠结、不甘心了这么多年，也许这才是别琼追求的真相吧。

她想起生长在中国沿海及东南亚各地近陆的浅海泥沙中的一种名为"血蚶"的贝类，壳形似心脏，上下两壳质厚而隆起，因肉柱呈紫赤色、多血而得名。潮汕和其他部分沿海城市的居民，喜欢浇上滚烫的开水直接吃，血蚶受热开壳，常常血流遍野。她在同学家第一次看到同学全家围坐在地板上，边看电视边吃，个个满嘴鲜血，说话时露出的牙齿、牙床也如是，吓得她误以为入食人族一家，半天不敢动弹。

在同学反复游说下，她尝了一个，入口鲜美至极，随后大笑着加入"茹毛饮血"队列。同学故意将"鲜血"抹满她脸颊、双臂，同学母亲嗔怪着阻拦，最后全家均加入，闹成一团，好不畅快。

回到麦城后偶尔想起这美味，嘴馋，网购，隔日上午收到，拆开卖家封好的泡沫箱，取出上面覆盖的保温用的冰袋，下面的血蚶满是泥沙，脏得要命。初时她以小人之心度量对方，以为卖家为占分量故意为之，不由得怒火中烧，正欲打电话跟店家理论，突然发现最下面夹带了一张白纸，上书——

"我们没有清洗血蚶的泥沙，是因为这样成活率高，保证血蚶味道的鲜美。请大家不要误会我们是为了多占分量。另：我们每斤实际发的是一斤三两。"

原来如此。

也许她和温沈锐之间曾让她觉得荡气回肠的爱情，正因为迟迟没有得到解答，就似这血蚶身上的泥沙，才使得她心心念念如此之久仍放不下吧。

洗净泥沙、去掉层层包裹的想象之光，终于照见真相。

如初见血蚶时的骨寒毛竖，到现在的坦然接受，她幡然醒悟，原来解脱的感觉竟是这样好。

【如果你曾奋不顾身爱上一个人】

Chapter 7 ____

　　如闪电劈中风雨中摇曳的大树，如高楼坠物砸向 ————
正常行走的路人，如漫过堤顶卷走筑堤泥土顺流而
下的洪水淹没村庄，意料不到的结局终于发生在自己
身上。

1

邵小尉说，世上根本没有感同身受这件事。

你愤怒时，胸腔里的炸弹正在引爆，炸得人血肉横飞，朋友、亲人、同事，不管是谁，总会有人对你说，亲爱的，我理解你，我感同身受。若信以为真，你一定是个天真的傻瓜。他们不过是要你感知，他正同你并肩站立，你的情绪可以与他互递。实际上他们只想安抚你的情绪。当然，更多可能，不过是为了敷衍你。他们总要做出一些样子，神色平静，装作什么事情都没发生，总是有些过分。

你痛苦时，飞速旋转的电钻穿透天花板，削铁如泥，直冲头顶，所有感官凝聚在某一个讲不清道不明的触及点，不受任何人掌控，想要拖住、困住、笼罩住某一个人、某一样东西，与它粉身碎骨、同归于尽。朋友、亲人、同事，不管是谁，总会有人对你说，亲爱的，我理解你，我感同身受。若信以为真，你一定是个没有生命的木偶人。他们不过是要你确认，看哪，兄弟，我们是难兄难弟，你终将如我一样，伤口弥合，平静如初。实际上，他们不过是出于怜悯，不忍目睹你如此惨状。当然，更多可能，不过是为了敷衍你。他们总要做出一些回应，神色平静，装作什么事情都没发生，总是有些过分。

你绝望时，昏天暗地，冰冷而恐怖的黑暗里，突然伸出无数只手来，三百六十度无间隔拖拽撕扯你的身体，肆意猖狂，如巨石落地。朋友、亲人、同事，不管是谁，总会有人，对你说，亲爱的，我理解你，我感同身受。若信以为真，你一定是个可悲的愚人。他们不过是要你相信，天崩地裂，飞沙走石，朋友啊，我还在这里。当然，更多可能，不过是为了做做样子，骗骗你。他们总要摆出一副姿态，神色平静，装作什么事情都没发生，总是有些过分。

所有让人深恶痛绝的言行：出尔反尔、背信弃义、口是心非、阴险狡诈、卸磨杀驴、同流合污、过河拆桥、挑拨离间、为虎作伥、无恶不作、心怀叵测、小肚鸡肠、两面三刀、恩将仇报、暗箭伤人、落井下石、无事生非……使我们曾有过这样愤怒、痛苦、绝望的时刻，我们也曾采取了上述文字中提到的方式去安慰身边的亲朋好友。

但终有一天生活会以你意想不到的方式，如闪电劈中风雨中摇曳的大树，如高楼坠物砸向正常行走的路人，如漫过堤顶卷走筑堤泥土顺流而下的洪水淹没村庄，总要发生在自己身上，以惨重到无法挽回的代价，才能让你明白什么是瞋目切齿、暴跳如雷、令人发指、怒不可遏、七窍生烟、肝肠寸断、哀哀欲绝。

退一万步，即便真的有人与你"感同身受"，也不过转瞬即逝，抬眼便忘。

因为需要解决的问题和麻烦通通与他无关，自始至终，要面对这一切的，一直都是你自己。

……

邵小尉说了以上这通大道理，抹着哭花的眼睛，说："所以，别琼，你怎么可能感同身受我此刻的心情？"

如果可以，绝无可能有任何人想要感同身受她此刻的心情。

别琼突然理解，为什么有些人只是表面敷衍，并非真有意。人家想不出到位有利的安慰话语，解开当事人的心结，只得如此啊。

明明是你自己倒霉、运气差，却轻易迁怒旁人，着实不讲道理。

呜咽了足有半个多小时，邵小尉再三和她确认："老太太真的是那么讲的吗？"

"当然。"别琼应着，"我有那么无聊吗，跟你开这样的玩笑？"

中午，戴川家的老太太突然来"向阳花"找别琼。看门的大爷以为老太太是别琼亲妈，听她报出名字，内线直打到办公室。别琼没在座位，隔壁座的小王切过去，也误以为此。他嗓门儿本来就大，粗着嗓子吼了几声："别琼去哪儿了？你妈在门口等你呢！"生生把别琼从财务室吼到园区门口。

别琼妈自她参加工作，便与老伴一起回到了老家农村。在她看来，任务已经完成，房子也买了，没让小丫头花一分钱，还要继续留下来照顾起居，哪有这样的事？女儿早就有能力独立，当然再无任何理由继续啃老。别琼对妈妈的决定，虽然偶尔也有埋怨，但骨子里又万分绝对地支持。所以当听到妈妈来这里找自己时，她心里咯噔一下，还以为老家出了什么事儿，直到见到戴川的妈妈，那块石头在她心里"骨碌"滚了没几圈，又重新堵在了嗓子眼儿里——也许是戴川出了什么事。

老太太见到她，喜笑颜开："别琼，中午跟阿姨吃顿饭？"

这句话明明是询问，但经老太太的口里说出来，却是十足命令的口吻。

别琼选了附近一家快餐店，午餐时间座无虚席，坐满了附近办公大楼里的上班族。老太太见状拉住她的手说："太闹了，不是说话的地儿，我带你去个地方吧！"不等她回答。满是皱纹的手挽住她的胳膊，虽然老太太顶着满头银发，手臂却很有力气。别琼几乎是被她半推着走。七拐八拐走了一段路，闪进一条小胡同的私房菜馆。那招牌隐蔽得很，若不是老太太带路，她还以为是普通民宅。

踏过菜馆高高的木质门槛，只见一座普普通通毫不起眼的老四合院儿，院子正中一棵高耸云天的洋槐树，挂着漂亮的红色灯笼，一溜儿排开五六张大木桌，还有几张粗糙的长木凳。在院子里悠然而坐，倒也惬意，可天已大冷，即便中午也寒风潇潇。别琼默默随着老太太进了屋子，挨窗坐下，透过木格棱的窗子，正好看到对面深黄墙体大楼旁的燕丰商场。

屁股还没坐稳，冷不丁听到老太太说："我们家小戴要结婚了。"

别琼目瞪口呆，一时没反应过来。

这场景，像极了富豪子弟那嫌贫爱富的老妈约见不争气的儿子刚刚交上的贫民窟里的野丫头女友。

别琼的反应让老太太开心极了，大概她想要的便是这个效果，她笑眯眯地把脑袋凑过来故作神秘状，说："是奉子成婚！明年这个时候……"她有意加重了"明年"的语气，"我就已经抱上大胖孙子了。唉，我也盼了好久，两人在我跟前那个黏糊啊，搞得我都不好意思了。可没想到这么快。"

这、这、这，什么时候的事？

魂魄回来，别琼只好说"恭喜"。

老太太看出别琼狐疑的神色："姑娘，你该不会以为我是诓你的吧！我承认上次找你是咽不下这口气，最终目的就是想通过你的嘴巴向她带个话，我们好着呢。但这次是实打实的。"她打开随身带的小钱包，拉开拉链，夹出一张略皱的纸来。

别琼听出她的意思，之前是虚打，这次有硬货——但最终目的，还是为了让自己传话。

她疑惑地看着手中这张机打的血液检查单，显示"β-HCG 240.80"，后面还有个"↑"的符号，参考范围之类。她又不是医生，哪里看得懂。

"看到了吧？验孕棒查尿显示阳性，又到医院抽血，这个叫绒毛膜促性腺激素，是妊娠时所分泌的特异性激素。跟你说那么多，姑娘家家肯定不懂。总之呢，这个数值就是说明已经通过验血证明无误，我儿媳妇怀孕了。"

"呃，是吧，那个，呵呵，挺好的。"

"你是不是觉得，也许我随便找了个人或者从医院走后门弄了这么个东西？"她难以置信的表情着实表露得有点儿过于明显，"你现在给小戴打电话，发短信也行。"

别琼想："就算我再不相信，也不能当你面打吧？"

沉吟再三，她诚恳地说道："阿姨，其实，当时小尉逃婚的时候，我特别能理解您的心情，真的，这事儿换谁都受不了。尤其您后来没头没脑地找我说了那么一大段话，不就是想让我传话给她吗？可是阿姨，话说回来，她要是在意这个，当初怎么会选择逃呢？爱情这件事，又不是打仗玩战略，敌进我退敌退我进的，多累啊！他们俩虽然没结成，不见得就是一件坏事。没准儿他俩结成了，性格磨合加上生活里柴米油盐酱醋各种磕磕绊绊，天天吵着闹离婚。也许您和她的婆媳关系紧张，鸡毛蒜皮小事计较个没完，家里炮火连天……现在事情已经过去那么久了，只要您儿子小戴每天能快快乐乐的，您还管别人干吗？是不是这个理？"

老太太被她说中了心事，表情讪讪的："哎，你这孩子……"

"他们俩，怎么认识的？"她见好就收，不想把话说得太重，顺着老太太的本意往下问。

"同事介绍。"老太太又开始眉飞色舞，"两人吃过几次饭，一起开车出去郊游过。一来二去，慢慢也就熟了。经历了那件事，还担心他不把感情当一回事儿，别是玩玩。没想到，前几天竟然带她来家里见我，又怀了孩子，我哪能有不同意的道理。"

"这个戴川，倒是没听他提。"她这样说着，一边佯装玩手机，一边手指飞速按了一行字——"听说你要结婚？"发给戴川。

"他现在忙，刚提了处长，领导又看重，晚上回家都好晚的。"老太太又笑嘻嘻的，提起自己的儿子又开始合不拢嘴。

赤裸裸的炫耀，她有点儿厌恶，都这么大岁数的人了，按说什么事情没经历过，什么场面没见过？无端地对着一个她根本谈不上那么熟的人聊这些，也真好意思。这样想着，眉目间难免冷淡，若不是为着戴川，真想站起来走人。

手机"叮"的回复声——

"是呀，你消息倒是灵通。回头日子定了，发你请柬，现在就开始攒红包吧。"

居然！是真的！

她惊得眼珠要掉下来。

依稀觉得哪里怪，又讲不出来。老太太见她这个样子，心里有了底，十分满足地用筷子指着桌上服务员刚刚端上来的菜肴："来，吃！吃！"

……

别琼说："小尉，我都讲三遍了，你到底想要听什么？"

"我就是觉得，他不可能跟别人结婚。"邵小尉的哭相着实难看，不明所以的人还以为是戴川抛弃了她。

"人家跟你结婚，你逃婚。回头人家要跟别人结婚了，你又不干。你是哪路神仙下凡的神女姐姐呀！人凭什么一辈子守着你非你不娶？"

她中午跟老太太吃饭的一百个不舒服终于找到地方发泄："行啊，你要是实在受不了，举行婚礼的时候，你可以直接去抢亲。哦，对了，你还能再上一次都市报纸的社会新闻版。"

这话说得够直接、够恶毒也够不留情面，邵小尉止住哭声，陌生人般盯着别琼看了好一会儿。别琼被她看得发毛，全身都不自在时，邵小尉突然站起身，抓起茶几上的紫砂杯愤愤然砸在地上。她只听到"砰"的巨响，客厅里飞起无数个碎块，仿佛个个都长了对眼睛，对着两人虎视眈眈。

"你给我滚！"邵小尉声嘶力竭地怒吼着，"我现在都什么样了，你还用这样的语气揶揄我。别琼，别以为你收留我了，你就成了救世主，可以随便对待我。你好好想想，你失恋那会儿，老娘是怎么对你的？"

2

"老娘是怎么对你的？"

别琼看邵小尉在气头上，不想同她多计较。

当年她失恋，自尊丢满地，从麦城到南京横跨几个省，邵小尉生生防贼般全天二十四小时看住她，当然不是防她自杀，是防她继丢了自尊后再把自己整个人的名声彻底丢掉，一辈子嫁不出去。两人在同一个宿舍，手机、电脑、座机，全被她看牢，她能与温沈锐断得干净、彻底，也多亏有了邵小尉。

那时她恨得牙根痒痒，可邵小尉比她高且强壮，老爷子拿她当男孩养了很多年，跟她哥哥邵小隽一起操练，简直当她新兵带。人家邵小尉就是雪夜冬泳，也丝毫不在话下，从小到大很少生病。要武斗，她根本不是对手；要文斗，邵小尉要毒舌起来，攻击性语言如同她强壮的体魄，破坏性极强，力道十足，即便贴上十八张面皮，也能穿透。

邵小尉虽强壮，可仅看外表，绝不会有人觉得她和女汉子有什么关联。恰恰相反，她身材瘦高且弱，骨架子小，吃再多，也是标准身材。戴川那时常笑说自己被她外表迷惑了，乍看弱不禁风好一个娇羞妩媚娘，实则一枚威武雄壮粗汉子。两人吵架逼急动手，邵小尉的绝招是背口袋，大步一迈上前，双手抓住戴川手腕，借力转身，背部一顶，戴川只有认命的份儿，生生被摔在地上，好半天起不来。像是宁财神《武林外传》里白展堂的"葵花点穴手"，有着瞬间彻底制服对手的魄力和效果。

可此绝招儿她不常用，因破坏力极强，戴川的身体、感情，都经不起如此折腾。别琼亲眼见过邵小尉的功力，自不敢有过多反抗。她对温沈锐的感情，以及对自己被无理由抛弃的不甘渐渐冷下来，某一天突然清醒，发自肺腑地感谢邵小尉，若不是她，怕自己失去的会更多。

安抚邵小尉一番后，她匆匆出门。

亚盛集团的风投资金已经陆续注入，由张董牵头，成立了"三年计划核心组"，蒋晓光是副组长，太多的事情需要推进和解决。他常常熬到凌晨两三点才离开，隔天八点又早早到，她自然也不敢有一点儿偷懒。

所谓"三年计划核心组"，指的是风投资金注入后推出的发展计划——未来三年内，"向阳花"将以麦城为中心，沿周边二三线城市逐步扩大规模，建立分园。之所以并没有定在省会城市、一线城市，是因为这样的城市并不缺少教育资源，现在进入，也很难抢占先机和市场份额，且楼盘价格飙升，综合考虑并不明智。而二三线城市，口碑好、实力强、教育理念先进，走在前列，管理规范的教育机构极少，尤其是幼儿教育机构，行业整体相对落后，基本秉持"吃饱不饿不哭当猪养"的原则。这些城市恰恰也最需要他们。中国的家长在教育投入上，是很少有人介意金钱投入的，一切为了孩子。楼盘价格也在中等，在他们能够接受的价格范围之内。

围绕这个开发计划，有两点需要按部就班保质保量执行：第一，教师培养计划。陆续在各地买地皮或买楼盘建园时，最缺的就是师资力量，人事部几乎整个月都在出差，推出"高培养、高薪、保证高待遇"策略，在各地大学和幼师院校招聘，大量招兵买马，同时签订"培训与就业"协议，所有签订合同的从业人员，由"向阳花"出资，派到西方各发达国家幼儿教育机构进行培新、交流、学习半年以上，对方提供干净、卫生、环境良好的单人宿舍，包吃包住，每月还会额外按月支付三千元钱底薪。回国后再到目前已经成立的园区实习三个月，合格者再签订聘用合同，表现优异者，可视实际情况，升职加薪，更有可能福利分房。一切以人为本，充分保证师资力量的充足。

第二，地皮购买计划。幼儿园地段的选择，一般会选择繁华市区，同时车辆出入较少，保证小朋友们上学方便和出入安全。求稳，不求快，扎扎实实不断推进，也是亚盛和"向阳花"达成一致的初衷。这可苦了市场部的员工，一座城市一座城市地跑，写报告，递交各类数据、分析资料。

别琼再不敢提调到教学部做任课老师，只管配合蒋晓光，做好每日的手头工作。

常常是手里有几份报告同时在写，蒋晓光又安排她出差，在火车上，吃饭时，甚至是梦里，都在写报告、交报表。

最头疼的当然不是这个，而是乔磊。

鬼知道他怎么说服了张董，居然委身张董，做了他老人家的特别助理，张董和蒋晓光的办公室在风投注入后调到了隔壁。蒋晓光紧靠张董办公室，隔着一条过道，就是他的工位，每天和其他员工一起在没有任何私密空间的公办大厅里埋头办公。

与她的工位，只隔了一块木板。

除了她，园区里知道乔磊真实身份的只有张董和蒋晓光。他自我介绍叫"乔治"，没人看出端倪，有人猜他是刚毕业的大学生，因这冷峻、英姿勃发的外表，很是抢了蒋晓光的风头；又是特别助理，大家甚至开玩笑说，张董是外貌协会的啊，得亏他们进来得早，否则按照这招聘标准，他们哪能有现在？

95后的小姑娘口无遮拦："该不会是张董其实是个gay，给自己揽的后宫吧？"

乔磊也不恼，笑嘻嘻地反问："为什么不说是张董看着你们一个个没有男朋友，嫁不出去，忧心成疾，派我来收复你们的？来来来，"他张开怀抱，"让小爷抱一抱！一个不多，两个不少，三个刚刚好。"

蒋晓光气得跺脚："节操啊，节操！注意节操！"

她也忍不住大笑。

中午吃过饭，不那么忙的时候，她发微博私信问他。

"什么意思？"

"？"

"为什么突然掩饰身份来这里？"

"你该不会以为我是为了你？"

"有那么一点点，想过。"

她的态度很老实，经过上次谈话，她已明确表示愿和他只做朋友，都已经那么熟悉，再打哑谜彼此猜来猜去也没什么意思。

"有那么一点点，是因为你。但更多原因是，我们签了风投协议书，对这个项目很重视的，我自己也很喜欢和孩子们相处，他们的心灵太纯净了。不论是从未来更多的管理规划，还是从个人兴趣爱好出发，这里都是我的最佳选择，我愿意从底层学起。"

"那你公司怎么办？"

"自然有副总主抓，晚上我再整体处理。而且，当时我只要了这家公司，目前其他几个项目只剩下收拾残局，我也不想玩多么大，踏踏实实，做好这个就行了。"

"哦。"

他确实没对她做过任何非分之举，常跟着营销部同事出差考察市场，回来后教学区转个没完，谦和有礼，又大方，每次吃饭抢着埋单，人缘极佳。他甚至跑去找对面的温沈锐吃饭，都没约她一起单独聊聊。

这应该是她最希望看到的结果，但别琼心中居然有一点点说不清道不明的失落。

半小时后，乔磊主动发私信问她——

"今天晚上还有相亲？"

"是啊，三姑介绍的。"

"做什么的？"

"听说是个公务员，铁饭碗。"

"也不错。"

下班，她直奔约好的西餐厅。

公务员同学到了，平凡的外表，扔在人堆里就瞧不见。别琼想，这样也挺好，谁不是芸芸众生里最普通的那一个？她早就过了爱做梦坚信自己是最独特美貌女生一枚的年龄，言情小说是常有清新俊逸、风采卓然的男生突然对女主角心动，只因其独特气质——低头回眸的瞬间，独处时嘴边的微笑，看书时神情的专注……继而疯狂追求，被拒绝千遍也绝不退缩、勇往直前的桥段。但现实生活里，真有男生如此，只有一个原因：

女主角美貌且瘦。

只是，从什么时候起，她对未来另一半的要求那么低了？

公务员同学口才极好，饭桌上净听他滔滔不绝了。荤段子、冷笑话，人家都拿手，最关键的是他有一颗积极向上的心——

"明年肯定能提我副处。我们领导搞外遇，被夫人查出来，多亏我灵机一动，把屎盆子扣自己头上，事后领导说：'小刘，行，有你的，前程似锦呀'。"

他似已经照见自己的前程，志得意满。

她竟是一句话也插不上嘴。

没几天，媒人给别琼妈打电话，说她人还不错，可惜闷了点儿。

话挺委婉，还好他们主动这样回绝，不然，她还真不知道该找什么理由回了。

可别琼妈急了。

亲戚朋友找了一大堆，别琼陆陆续续见了七个人，有四个没看上她。理由呢，除了第一个觉得她年纪大，这个嫌她闷，另有一个认为她个子高，如果穿高跟鞋的话，就比他高了，但不穿高跟鞋，就很没女人味。最后一个没说她好，也没说她不好，只说可以先处着。结果媒人头发昏，第二天打电话说了这个之后，下午又打电话替他约相亲，竟打到别琼这里来。别琼妈找别人了解才知道，敢情那人是相亲专业户，据说相过的人有一百多个，反正"广泛撒网，重点捕鱼"。

有三个人同意交往试试看，但别琼没看中。其中一个博士秃顶得厉害，倒不是嫌他，只是一见到他，就让她想起了学生时代痛苦不堪的考试生活，心想得把一个人逼成什么样，头发能自头顶为圆心，光秃秃地隔三岔五延长半径不停画圆？另一个是个闷葫芦，往咖啡店的布艺沙发上一坐，除非你问他，否则一句话都不说。别琼主动问了几句，他开始脸红，好似她对他动手动脚。剩下那人眼睛有点儿毛病，隔个几秒钟就眨几下，看得她跟着难受，眼睛也不由自主地眨起来。

别琼妈之前还觉得自己闺女是眼前花儿，之前嫁不出去，那是因为她不乐意。有朝一日闺女主动敞开心扉，凭借闺女这容姿、这性格，保管男人们排成队求着。可眼见着相了七个都不成，她开始急了，猜测兴许因为都是自己亲朋好友介绍的人，同别琼不是一个生活圈的，因此难有后续，于是把方向转为给别琼的好友同学，打电话托他们介绍。一传十，十传百，连乔磊都接到了同学的电话问是不是依然单身。

她红着脸跟乔磊解释后，打电话跟亲妈说了一通，好言好语劝着，总算让她放弃了继续打电话的举动。

亲妈说，实在不行，你上个征婚节目吧？

亲爸说，不知道花不花钱，我听说过很多征婚网站，要不你去试试？也花不了你多少时间。

别琼口头答应着，说"行行行"。

对付爸妈无法执行的决定，她早就找到了最佳处理方式，口头答应"行行行"，私底下爱干吗干吗，比起实际行动，老头儿老太太更想要的是她的态度。

别琼更是明白，事实上，当你接受了通过相亲来解决自己的终身大事，也就等于默认了把自己放在婚姻市场这个鱼龙混杂的大摊儿上，任人挑挑拣拣、搓圆捏扁。

3

温沈锐的店办得十分红火，据说赶上周六日，座无虚席。在这个网络阅读严重冲击书籍销量，连报刊亭都被迫靠卖饮料为生的时代，能够做出这样的特色，营业额飙升，着实让人刮目相看，甚至连电视台都去报道。

别琼有意回避他，加上工作忙，自是许久未见。

中午快到饭点，突然接到戴川电话。这才想起最近过于忙碌，邵小尉每日又早出晚归，与她的作息无交集，虽住同一屋檐下，倒比同事见得少。

"别琼，一会儿能叫小尉一起吃个饭吗？我怕我叫她不来。"

"现在，中午？"

"是，她又不坐班，我们去你园区附近找你，好不好？就去新开的烤肉店。"

"你对我们附近倒是熟悉。"

"最近烦，常去找温沈锐，我们前几天吃了一次，还不错。"

"哼，你都要结婚了，我才不去，小尉更不去。"

"你听谁说的？"电话那端的戴川口气十分意外。

"能有谁，你们家老太太呗。"

"不能吧，她又去找你了？"

"是啊，每当你这里有了什么风吹草动，你家老太太都要来找我聊聊。开始我还不信，当着她面给你发短信，您老人家回复我说，很快发喜帖。"

"我什么时候给你发短信说发喜帖了？"

听这意思，他好像还不承认。

"一周前，你家老太太拿着你未来新娘子的验孕单找我，等我恭喜呢。我当时有点儿生疑，就发了短信跟你确认。"

"6号？还是7号？"

别琼算了下："6号。"

听筒那段传来愤怒的发泄声——

"我靠！原来是你。"

"我怎么了？"

"我就觉得那天奇怪，早上上班时，明明带了手机，可到了办公室，哪儿都找不着。后来回到家，发现手机在床头放着……武琳琳也在我家，笑眯眯的。"

"什么意思？武琳琳是谁？"她越听越糊涂。

"我……我现女友。你先别管这个，我问你，我妈见你，都说了什么？"

"就说你要奉子成婚了，说你和你女朋友两人感情多好，说很快给我喜帖。还说，如果我不信，可以发短信问你。"她大致把当天情形讲了一遍。

他急急地问："你是不是告诉小尉了？"

她回："我能不告诉吗，这么大的事？"

"你可害苦了我，别琼，你害苦了我！"

他在说什么？

"你先帮我约邵小尉，别说我也去，你先约，半小时后我去你们幼儿园门口等你。"

她知道事情的严重性，马上打电话约邵小尉，她倒是痛快地答应了，但说晚点儿到。

她说："到时候我给你一个惊喜。"

惊喜？她能有什么惊喜？

晚到最好，戴川话没说清楚，刚好腾出时间和他说话。

见完戴川，别琼一直都在想。

关于恋爱这件事。

如果是一见钟情，在什么样的场合下，遇见什么样的人，因为什么样的细节，突然命中心灵深处的爱情触点，让你喜欢上这个人？

如果是日久生情，要认识多久，挖掘和累积那个人身上多少的好，又需要怎样的机缘巧合看清自己的心，已经深深喜欢上他？

如果已经足够清晰明白自己的感情，主动追求告白的会有几个？忐忑不安同时内心期待对方主动追求自己的，又有多少？

每天与我们有交集的人有那么多，先遇见哪个后遇见哪个，大方勇敢主动一些，胆小卑微怯懦一些，是不是结局就完全不一样，因此也有了彻底不同的人生？

……

爱情是如此随机，可说来说去，原来左右我们与那个人错过、相爱或别离的，性格才是不可忽视的关键性因素。

可惜，邵小尉和戴川并不明白这些，否则也不会是眼前的这番光景了吧。

见到戴川时，他垂头丧气。

她嘲笑他："都新郎官了，怎么跟吃了败仗似的？"

"本来就吃了败仗。"

他一边开车，一边讲，到了新开的韩国烤肉店，别琼总算弄清楚了事情的始末。

戴川确实和同事的闺密武琳琳有一搭没一搭地交往着，但从未突破底线。某日朋友聚会多喝了两杯，你们懂的，男人在讲述自己偷情时，都喜欢这样说。但戴川表示他确实喝得迷迷糊糊的，只依稀记得周围的朋友们在起哄，武琳琳又不停往他身上黏，他被拖到卧室，之后就彻底人事不省了。

"我现在觉得，其实就是他们设的一局，"他气呼呼地说，"第二天她就以女朋友身份去了我家，也不知道她从哪里打听到我家的地址，公然在我家出入。她嘴甜会说话，在我妈面前极力表现，厨艺也还不错，把我妈哄得那叫一个乐。"

"也许是命中注定，过了一个多月，她说自己怀孕了。我都不知道，她先给我妈看的。这下好了，你知道我妈最想要什么，老太太喜笑颜开，逮谁跟谁说我要奉子成婚。"

"呃，这孩子……是你的吗？"

"这一点她不会蒙我，骨子里她还算是个老实规矩的女孩。我对她也不算反感，但也谈不上爱，反正跟小尉，感觉没法儿比，至少我从来没想过要和她这样的女孩结婚。"

"我明白了。你的意思是，你妈打着你的旗号，先斩后奏了？"

"就是这个意思。我妈和她一起，偷偷把我手机掏出来，造成落在家里的假象，之后由我妈直接出面，找你报喜。她呢，在家里守着，等你发短信问我，以我的名义回复。目的就是让你传话给邵小尉。可喜的是，你没辜负她，果然也就很快全部告诉邵小尉了。"

她急忙解释："我哪知道那不是你回的，这事情这么大……你现在打算怎么办？"

他白她一眼："看来这婚是非结不成了。"

"同你现女友？"

"你白痴啊，"他恨不得上去拧她的耳朵，"我从来没想过自己会和任何一个不是邵小尉的女人结婚。"

这个答案着实出乎她的意料："你的意思是？"

"我年纪也到了，确实想找个好女孩结婚，踏踏实实过日子了，可那个人……这么久，我接触了很多女生，比较来比较去，可以让我毫不犹豫地点头步入婚姻殿堂的，唯有邵小尉。"

真是个天大的笑话。

"我知道，你又该说了，我之前不是一直说，想要开始新生活，一切都刚刚开始？别琼，我错了，这一年多，我见了无数个女孩，她们各有各的好，之前我被小尉看得牢，天天想着能出去偷个腥，可真正自由了可以随便偷腥了，我却发现，外面的腥远远不及她对我好，也远远不及她那么有味道。"

多么痛的领悟。

她哭笑不得："你这样说对武琳琳可不公平。"

"这是她咎由自取，设计好了圈套让我跳。既然她能设计，就应该能预料到结局——不是我认命娶她，而是我拼死不肯。"他的话题一转，

"你最近不是一直都在相亲？"

——晕，连他都知道了。

"少提我。现在说你的事。"

"所以你一定能明白我说的这感觉吧。在我们曾经最单纯最质朴的年纪，我们深刻了解彼此，简直能看到对方心里去。可工作之后认识的人就不是这样了，大家都爱戴着面具，说着对方爱听的话，反反复复试探你的底线，更不避讳找人打听你的底细。"

被说中心事，她问："你是觉得，你和小尉还有挽回的余地？"

他说："我曾经幻想着，也许能够等到她幡然醒悟，等到她迅速长大，等到她懂得忍让和包容，等到她发现此生我才是最爱。"

"呃……男生也受言情小说毒害这么深吗？"她骇笑，"也许她不这么认为，也许她希望你能做到以上种种。"

"那怎么办？"

"不然你晚点儿结……至少等到她先结婚。"

"你们女人真是不讲理。别琼，要没你添乱，我之前还觉得我俩有希望，现在——不了。"

"干我屁事呀！"

"还说不干你的事！"他气呼呼地说，"三天前，我去她公司楼下找她。还特意找了个珠宝设计师，做了一款她最喜欢的桂花钻戒，桂花花瓣用18K金，丝丝缕缕的别提多好看了，花蕊用的钻石。我带着她同意跟我交往时给我写的第一封信去找她。我说：小尉，你嫁给我，好不好？"

男儿有泪不轻弹，她已经不敢看着他。

"小尉上上下下打量了我好一会儿，就像看一个随时可能发病的精神病人。她说：'戴川，你今天抽的什么疯？我们的关系，一年前就结束了，你还不清楚？'我单腿跪着，简直就差磕头了。可她又笑，笑出眼泪，问我：'戴川，你不是要奉子成婚？你又来找我干什么？'边上已经聚了一堆看热闹的人，她突然走过来，把头伏在我肩头上，说'戴川，戴川'，反反复复念我的名字。她说：'戴川，我也舍不得你，可是你看，我们俩把我们的生活搞得多糟糕。戴川，你怎么还能像以前一样，像个不肯长大的孩子，你真的天真地以为，我们还能回到过去？'"

别琼哭得比他还惨，鼻涕流出来，止也止不住。

"她收了我的戒指，她说：'戴川，这枚戒指真好看，比我们第一次结婚时你买给我的还要好看，那我就收下了。'你看，她又'呸呸呸'，说：'瞧我，又在乱讲，什么叫第一次结婚，好像后面还能有第二次似的。'她说，'就让这枚戒指成为你我那段感情的见证吧'，她戴上那枚戒指，不大不小，细白柔嫩的手指，跟我们在一起时，几乎没有任何变化。她说：'祝你幸福，戴川，你要过得好好的，这样我才能不后悔今天的决定。'然后她就转头走了，没走几步，她又回头，哭得泪人一般，重新扑到我怀里，说：'戴川，如果你早来一天，如果她没有怀孕，是不是我们的结局就不会是这样？'说完这些，就毅然决然转身跑进办公楼，再也没有出来。"

别琼停止哭泣，她已经听出重点："她说，如果你早来一天？"

第八章 ———

【 如果你曾奋不顾身爱上一个人 】

Chapter 8 ———

"别琼，现在的我，算不算……"

她把耳朵凑到他的嘴边，听到他断断续续的近似

梦呓的声音："算不算，奋不顾身爱上一个人……"

1

"阿尼哈撒唷！"

包间榻榻米的玻璃门被人拉开，别琼背对门席地而坐，看到戴川呆住的神情，遂扭转身体朝后看。

只见邵小尉裹身披一件及膝的乳白色针织开衫，拎了新买的某大牌蓝色手工编织袋，低头换鞋的同时嘴里还在埋怨："这个地方也太难找了吧。"站在她身后的，居然是蒋晓光，白色的风衣似是与邵小尉搭配的情侣装，他一手挽着她，防止她跌倒，另一手提了大大小小四五个购物袋。

看来又去购物了。

见到戴川时，她神色一凛，眉头微皱，斜眼瞥了一眼别琼："你把他叫来的？"

别琼没搭理她，站直了身体对着她身后的蒋晓光点点头："蒋……蒋园……"风投资金注入后，各项工作开始推进，大家已经将对蒋晓光"蒋园长"的称呼改为"蒋总"。别琼叫"蒋园长"叫得习惯了，总忘记改口。

"不不不，蒋总，"她说，"您……"目光定格在他搀扶着邵小尉左臂的手，"您来了。"

蒋晓光居然有些局促，问邵小尉："呃，你说，还是我说？"

"谁说都一样，"她大大咧咧地坐在别琼身边，拉蒋晓光在自己右边坐下，"跟大家介绍下哈，这是我男朋友，蒋晓光。"

血液直冲头顶，别琼想，坏了坏了。

邵小尉又指指戴川："晓光，也跟你正式介绍下，这位，是我前夫，戴川。"

"哦哦哦……"蒋晓光很快镇定心神，朝戴川伸出右手，热情道："你好，常听小尉说起你。"

戴川握住他的右手："你好，我倒是从未听小尉说起你。"

剑拔弩张之际，伟大的服务员推来放满各类鲜肉和蔬菜的餐车："请问先生、女士，是自己烤，还是由我代劳？"

别琼挥挥手："我们自己来吧。"

气氛诡异得有些可怕。

邵小尉没心没肺："开吃吧，我都饿死了。"

蒋晓光和戴川异口同声——

"等等，我还约了一个人。"

话一出口，两人均是一愣。

别琼突然有种不好的预感。

果不其然，包间的门再次被推开，她听到了熟悉得不能再熟悉的声音——

"是这间吗？"

门拉开一条缝儿，露出温沈锐的半边身体，他大拉开门："咦，这么多人？"

十分钟后，乔磊戴着耳机摇头晃脑地闪进来时，她一点儿也不意外。

好在包间够大，榻榻米容得下十来个人。

她是在事后才得知，蒋晓光听邵小尉说要和别琼吃饭，就好心地叫上了乔磊，想要撮合他们俩。

戴川约了别琼见面，目的是让邵小尉回心转意。同时叫了发小儿温沈锐一起当说客，顺便撮合他和别琼。

哪晓得邵小尉带了蒋晓光来，包间内一时鸦雀无声。

也就邵小尉心理承受能力强。"来来来，"她逐一拿过餐车上的拼盘，招呼大家，"吃吃吃！"

加州牛排、牛五花、熏肉、羊五花、生牛舌、菌菇、鸡脆骨……包间里三个烤盘，她开始分工。

"戴川，你烤这盘，你最粗心，别煳了。晓光，你烤这盘，肉啊、蘑菇什么的，尽管往上倒，哦，别琼喜欢鸡脆骨，多给她烤些。来来来，乔磊，你试试，要说吃来吃去，还是肉最好吃啊。"

她像大堂经理，看着眼前的三个烤盘，时不时拿公共不锈钢筷子翻一下，总体协调，又时刻监督。

所以说啊，谁在学生时代做过班长这职位，是一眼就能看出来的。

当然，女神更能看出来。

可做过班长又做过女神的，也唯有在这种场合下应付自如后才能看

【如果你曾奋不顾身爱上一个人】

出来。

反正有的吃，烤肉受热发出刺啦刺啦的响声，香味四溢。蒋晓光和邵小尉默默配合，陆续将烤好的肉、菜均摊给大家，放到每个人的调料碗中。

也许是因为温沈锐的存在，比起之前的刻意疏离，别琼总觉得乔磊表现得过于殷勤。

"别琼吃这个！"他用铁夹夹给她一块烤牛舌，"上次在园区食堂见你看到这个口水都流下来了，唉，不知道多给我丢人。"

……多给你丢人！

跟你有几毛钱的关系啊！

她不知如何应对，温沈锐灼热的目光自对面源源不断地传过来，她倒能淡然无视，可蒋晓光暧昧的笑，她羞不得、恼不得。

哦，突然想到一个话题。

她问："小尉，你俩是怎么认识的啊？"

"你还记不记得有一次我带着防狼喷雾出去看电影？"邵小尉讲了这半句，和蒋晓光突然对视大笑，直捂肚子。

"难道你喷了他？"

蒋晓光十分不满："别琼，你领导我是那样的人吗？我明明是协助小尉逃跑的人！"

邵小尉干脆笑得整个人靠在别琼身上："哎哟，我跟你讲，你不知道那人多惨，'嗷'一声捂着眼睛蹲下……"

其他人听得更是迷糊。蒋晓光宠溺地看着邵小尉："还是我来讲，你前言不搭后语的。事情是这样的，有一次我一个人去看电影，夜场，人不多。我旁边隔着几个位置，坐着一个抠脚大汉，把双脚提上来，放在前排的椅背上，臭气熏天，不知道多少天没洗脚。偏偏又是个话痨，一会儿打电话，哇啦哇啦跟那个聊几句；一会儿神经病一样大声跟着念影片里的台词。我呢，虽然特别讨厌此人的所有行径，但想想，算了，忍了。结果后排有个奇女子，用影院里所有人都能听到的声音，扬声说——你在公共场合能安分点儿吗？你打扰大家了。就在我向她投去敬佩的目光时，抠脚大汉突然站起来冲她大骂，各种难听话翻来覆去，主要攻击语言就是女性生殖器。骂到后来，他居然拿起拖鞋要对这奇女子动手。我心说这可不成啊，迅速挪至过道位置，寻找机会按倒这抠脚大汉。说时迟那时快，我只听到'噗噗'的喷气声，再看那抠脚大汉，整个人已经蹲在地上，发出杀猪般的号叫声，嘴里骂着'你妈×你个臭婊子，你拿什么喷的我的眼睛？'……只听这奇女子叉腰哈哈大笑，朗声道：'防狼喷雾剂，国外进口超级辣，孙子！半小时后你就能睁开眼了。'影院的其他人也吓得尖叫，陆续离席。我一看大事不好，走过去拉着这奇女子的手就从后门溜了。"

这段精彩的讲述，蒋晓光故意模仿单田芳的声音和语速，听的人如临其境。

别琼笑得捶桌："原来小尉就是你之前讲过的那位非常有魄力，有着很不一样的感觉的女生呀。我当时还想是谁这么有福气，能令你那般爱慕。我跟你讲，当时你讲她的时候，整个人都在发光。"

他总算知道不好意思了，尴尬得挠头："有吗？"

"奇女子"邵小尉小女人般依偎在蒋晓光身旁，居然羞红了脸。

她居然……会脸红？

太不可思议了。

戴川最可怜，笑呵呵地回应着，"是吗""真有意思""不错呀"，但神情比哭还难看。

温沈锐几乎没怎么说话。

乔磊时不时靠过来套近乎："我今天听玫瑰班的王老师讲，钟钟，你记得吧？"

"哪个钟钟？"

"就是上周刚入学的。"

她想起那孩子高高的颧骨、深陷的眼窝、长睫毛，不由得会心一笑："那个小孩，是够可爱。"

聊起工作话题，显然把戴川和温沈锐排斥在外。戴川看出乔磊别有用心，有心帮温沈锐说话，岔开话题道："别琼，特想问下，总听说你们幼儿园多好，可到底好在哪里？别跟我扯什么这个理念那个理念，咱讲些实在的。比如说，在你们幼儿园，有没有发生过曾经让你最为触动的事情？"

"太多了，但如果说最为触动的话……应该是在幼儿园，孩子们让我学会更多。其实当初来'向阳花'的时候，我被这里的理念所吸引，蒙蒋总不弃，招我进了园。虽然不参与任何教学事宜，但只要有时间，我就跑到教学区接触孩子，帮几个班老师的忙，有时候赶上放学，还会听到家长们的闲聊，慢慢也生出很多困惑。那就是，我们的幼儿园是不是真的有我们认为的那么好。"

蒋晓光饶有兴趣地看着她。

"比如有一次，我撞到茉莉小班京京的妈妈在同主班老师聊规则的问题。在我们园区，只要你遵守规则，比如不打扰别人、不动手打人、玩具谁先拿到谁先玩等，你就是充分自由的，无须在任何指定空间、时间做任何事。但那次我听到京京妈问京京吃饭吃得好吗？老师回答说，两天没吃早餐，其他还好。OK，问题来了——京京妈妈有些不高兴，她问，小孩子空腹是最伤害身体的，为什么不让她吃呢？"

邵小尉问："为什么呢？"

"老师解释说，京京不肯换室内鞋。我们园区规定，教室和餐厅，必须换了室内鞋才可以进入。可是一直到九点餐车推走所有食物，京京都不肯换。于是我们只好推走了。"

　　"这有点儿过分了，"戴川用手指着蒋晓光，"不过是换鞋的事情，就不让孩子吃饭？"

　　"就是就是，"邵小尉难得同他意见一致，"你们太狠了！"

　　别琼说："这并不是单纯的换鞋问题。老师说，这是规则，必须让孩子明白，必须遵守规则，如果不遵守，就要承担不遵守规则的后果。当时家长虽有疑虑，但并未多说，看得出有些情绪。晚上放学，京京妈来接。主班老师说，今天早上京京一到教室门口，甚至不用她说，就自己直接换鞋，跑到餐厅去吃饭。这是她的进步。"

　　"也不能这么说吧，"邵小尉不以为然，"表面上看是孩子的进步，因为不妥协，意味着吃不到饭。但她是否真正理解规则的含义？也许只是表面上的妥协。而且我认为，这样的规则是不是过于冰冷？"

　　"小尉说的和京京妈说的差不太多。京京妈妈甚至提议，哪怕在楼道里给孩子半个馒头呢！规则是死的，但人是活的。但老师坚持认为，小孩子少吃一两顿饭没什么大碍，中国的家长始终把自己的宝宝吃没吃饱饭、睡没睡好觉、有没有被欺负当成是天底下的大事。同这些比较起来，孩子有没有形成良好的性格，能不能进行清晰、直接、到位的表达，会不会控制自己的情绪……能不能够形成一个健全而良好的人格，反而被太多的父母所忽视。"

　　蒋晓光则直接赞道："不错，还有吗？"

　　"我在想，两方说的都有道理，我也能理解。但这件事一直让我困惑，我在想，规则是不是可以不那么冰冷？我们说这个教育理念这么好，一个小朋友入园，需要多长时间能够让我们看出对孩子产生的影响？半年、一年，甚至是两年？更有家长担心，这是两种完全不同的教育理念和语境。可到了传统小学，一切又沿袭了我们上学那会儿，老师摸下小孩子的头顶，不亚于佛祖开光，老师高高在上。离开了我们的幼儿园，小朋友进入传统小学，会不会非常不适应？我听说，有已经毕业的小朋友非常不适应，入学一周有着十分强烈的分离焦虑，七岁的小朋友，像两岁的孩子那样，抱着爸爸妈妈的大腿哭，不让离开……"

"可是我没明白，戴川问你的，是你的最大感触是什么，你倒好，讲了一堆你的困惑。"乔磊有心拆台，似笑非笑。

别琼瞪他一眼："我还没说完呢。"

"边吃边聊，嘴也别闲着。"邵小尉继续招呼大家。

温沈锐问："是不是带着这些困惑的同时孜孜以求地追寻答案，某日求得正解，那种快乐和能量无法言说？"

"对对对！"别琼拊掌大笑，"就是温沈锐说的这个感觉。我了解得越多，接触的家长越多，就发现问题越多。可是后来发生的三件事，让我的观念发生了颠覆性的转变。"

"是什么？"大家简直异口同声，十分好奇。

"第一件事，那天我到得早，发现妞宝妈妈送三岁的妞宝入园，妈妈眼睛很红。我问她怎么了，她说，前天晚上哄妞宝睡觉，因为她有事情就很焦虑，结果可能这焦虑情绪传染给了妞宝，直到深夜十二点妞宝依然不肯睡觉，于是她就说了很难听的话，也打了妞宝几下屁股。结果妞宝放声大哭，边哭说——妈妈你这样说，我很难受，你让我伤心了，我很难过。"

戴川惊呼："哇，小孩子这么厉害！"

"妞宝妈妈对我说，十分庆幸妞宝来了我们幼儿园，她能够这样清晰、直接表达自己的感受，让她又惊又喜。她小时候在农村度过，爸爸

173

妈妈语言暴力极其厉害，什么'恨不得掐死你''拿刀劈了你'之类，处理小孩子哭闹的所有问题，一直是简单粗暴。她觉得，自己小时候不论多么伤心难过，都不敢表达，甚至不敢在爸爸妈妈面前哭，只能找无人角落默默流泪。无数的人人生中成长的关键时刻，父母都是缺席的。她的话让我极其震撼。"

邵小尉若有所思："是的，简单粗暴。我小学时遇到露阴癖，那个穿着灰绿破烂衣服的男人走到我面前就把那个甩出来，吓得我一个月都不敢出家门。我爸我妈为此没少打我，直到我肯出门。"

乔磊说："中国的家长看到小孩子哭、挣扎，处理的方式就是平息战争、平息争吵，从来不是解决争吵、解决问题。"

"第二件事，是风信子班的壮壮。他两岁入园时，几乎各种让大人讨厌的言行都具备，自私、自我、无礼、打人，但一年后发生了特别大的变化。有一次他和经常在一起玩的彬彬借玩具车，遭到了拒绝。壮壮很生气，我过去问他，你不高兴，是吗？我没想到，他非常淡定地看了我一眼，那种镇定自若、内心平稳的气势震撼了我，他对我说——老师，我现在情绪不好，请你给我十分钟，我自己解决问题。然后他钻到了娃娃屋里。过一会儿，他自己出来说，老师，我已经好了。"

戴川惊呼："天哪，好强大，成人又能有几个做到这样的？太难了。"

"是啊，成人不但很难控制自己的情绪，还最擅长在有情绪时说蠢话、做蠢事。"乔磊也无限感慨，接着频频点头，"你看，我把风投资金投给你们，充分说明了我的英明果敢！"

众人："……"

温沈锐问："第三件事情呢？"

"第三件事是有一次小天使班的小朋友去银行上社会实践课，我刚好从外面谈事情路过，有个老师生病了没去，主班老师就叫我帮忙。在

【如果你曾奋不顾身爱上一个人】

银行大厅，三岁的妮妮和四岁的文文坐在等候区的椅子上。这时候不知道从哪里来了两个小男孩，六七岁的样子，小屁股左挤下，右挤下，一下子就把两个小女孩给挤下去了。这俩熊孩子的父母也不知道去哪儿了。我刚想上去帮忙解决问题，主班老师却用眼神制止了我，得以让我有机会观察到下面这两个小女孩的解决办法。"

话题突然转到这个方向，别琼还担心其他人不感兴趣，没想到大家听得津津有味，也许是他们这代人很多是在不断受伤害中默默成长的吧，并未想过这个有什么不对。听到这里，觉得每个人都可以反思自己的成长问题。

"接下来，三岁的妮妮走过去，看着这两个男孩的眼睛，说，你们不可以欺负我！文文也走过去说，请你们向我道歉。男孩们当然不理会这两个小丫头，甚至挥着小拳头，说，信不信我揍死你俩？我当时急了，但主班老师向我使了个眼色，暗示我先不要插手。这时，在旁边观察了半天但没说一句话的小婧走过来大声喊——不许你欺负我的朋友！接着妮妮和文文再次齐声说，你们不可以欺负我们，请向我们道歉！"

蒋晓光和邵小尉彼此交流了一下眼神。

别琼的眼睛，此刻格外闪亮，像是伴随着她的妮妮道来，空中多了一面超大显示屏，这些她所亲眼见证的事情，在这屏幕上倾情上演，而她像个导游，正引领大家驶向正确的方向而不误读。

"那强大的气势、内心坚定而勇敢的力量，我现在想来都历历在目。后来，那两个小男孩像是被吓傻了，红着脸说'对不起'，然后主动离开了。我目睹了这一切的发生，彻底被他们折服。联想到我之前的困惑，我觉得我最大的感触是这个教育理念，不能对它过于苛求，像生病的病人一样，要求药物立竿见影，瞬间治愈。它是在孩子的各种关键时刻的敏感期给予他们足够多的爱和足够完整的成长，它以我们并不曾感知的速度，逐渐帮助孩子形成良好的人格。它缓慢而有力地影响着我们每个人，受益的更是成人。而这力量和改变，来自孩子最向上、最勇敢却被我们一直低估了的心。"

蒋晓光用半开玩笑的口吻说："进步很大，看来，下学期可以调你去教学区了。"

"可以吗？"她惊喜万分，"真的可以吗？"

乔磊大包大揽："有我在，有什么不可以。"

众人："……"

2

后半场大家就放得很开，餐车上的食材很快被大家消灭。别琼看看时间差不多了，说："下午还有事呢，不然今天就到这里吧。"

除了蒋晓光和邵小尉，其他人早就如坐针毡，闻听此言，都暗自松了一口气。

乔磊抢着埋单，大家都知道他有钱，懒得和他争，一行人陆陆续续往外走。

邵小尉公开了恋情，两人又在热恋期，同蒋晓光勾肩搭背黏黏糊糊地走在人群最前面。温沈锐和戴川这两个失意的人走在后面，神情格外凄楚。别琼喝了不少鲜榨的西瓜汁，去了趟厕所，等回来的时候，看到乔磊在服务台等她。

"小别，走吧。"

她想了想，觉得确实没有更好的队列："好。"

小分队朝着幼儿园的方向走去。

"乔磊，为什么今天温沈锐在场，你和平时不一样？"

"嗯？"

"不要假装没听到，我才不会说第二遍。"

走了十几米，一直不出声的他问："如果把事情闹得像戴川那么糟，明明深爱着邵小尉，却弄大别的女孩的肚子，最后在父母压力下不得不结婚，如果这个人是我，你会……你会怎么样？"

他挑衅地看着她。

"你怎么知道的？"

"好事不出门，坏事传千里。"

"我会怎么样？好像没我啥事儿呀。"

装糊涂的人总是大有人在。

她忘记了乔磊早已不是当年需要她来保护的小男人，并不知道成熟对男人来说意味着会有什么样的危险。

只是手臂轻轻一带，她已被乔磊整个人圈住，还未明白发生了什么事，他温热的唇已经贴在她的红唇上。身上所有汗毛参起，似每根都长了眼睛，虎视眈眈彼此对视。心怦怦跳，被关了很久的魔鬼想要跳出来，掌心几乎是烫的，像是握了两把火，一把要燃烧整个身体，一把要燃烧眼前的这个人。

双腿也像走了万里长征路，无力得脚下一抖，差点儿摔倒。乔磊眼疾手快，扶住她："你也太弱了点儿。"

又说："亲完你之后，还觉得如果我和别人结婚，没你什么事儿吗？"

她又羞又气。

可是他把她紧紧搂在怀里："小别，本来不想这么快的。可温沈锐虎视眈眈，我怕稍微一个不注意，你又被他夺了魂儿。"

她挣扎了一会儿，奈何乔磊紧紧搂住她，像个黏人的小孩黏着她："小别，你相亲见了那么多人，竟然还没有灰心，竟然还是不念我的一丝好吗？你到底要到什么时候才发现，你的心点点滴滴都是我？"

　　是这样吗？

　　她觉得有些蒙，不知道是被刚才的亲吻迷昏了头，还是这样一个秋高气爽的天气让人志气懒散，她竟然找不到理由分辩。

　　"你要想明白，爱情不是被别人起哄了，于是天天想着了，有好感了，时时刻刻思念了，就是爱情。你，别琼，从来，爱的只有我一个人。"

　　他又低头吻她，双手捧着住她的脸，舌尖反复试探。"小别，"他竟然泪光闪烁，"你不知道我等这一天，等了多久。"

　　终于挣脱他的怀抱，全身瘫软，一动不能动。她暗骂自己太不争气，缓定心神后，等他不再对她动手动脚，一路小跑行至幼儿园门口。那里，邵小尉正同蒋晓光甜蜜告别，温沈锐和戴川等红灯过马路，二人打算去温沈锐的店里小坐。

　　乔磊不想继续挑逗别琼，慢慢走过去。

　　恰逢小天使班上午去郊区采摘，此刻坐了校车刚到幼儿园，车内坐满了一车昏昏欲睡的小朋友，主班老师和配班老师站在校车外车门处，接小朋友逐个儿下车。别琼红着脸对乔磊指了指小朋友，暗示他不许胡来，看到乔磊坏笑、不住点头的样子，飞速过去帮忙。

　　看门的大爷看到蒋晓光一行，早早开了幼儿园的大门。

　　谁都没有注意到，离校车不远处走过来一个穿着破烂迷彩装、头发乱蓬蓬遮住眼睛的男人，手提一把明晃晃的菜刀朝大门处急速前进。温沈锐等红灯等得不耐烦，不经意间回头望向乔磊和别琼，目光瞥到这个男人，心下大惊，飞快往回跑，用尽全身的力气大吼——

"快跑！"

可是太迟。

男人已经挥起菜刀，锋利的菜刀肆意砍向正在下校车的孩子们的头、脖子、肩膀、后背、四肢。昏昏欲睡的孩子们压根儿没搞清楚发生什么事儿，眨眼间，血肉横飞，别琼挣扎着爬起来护住车门。一时间尖叫声、大哭声、惊吓声声声震耳，血光冲天。

温沈锐已经站在男人对面，身后是几个紧紧抓住他衬衫、受了不同程度伤浑身颤抖的小孩。那人已经杀红了眼，双手高举菜刀疯狂挥舞，嘴里喃喃喊着："都去死！都去死吧！"温沈锐迅速拖过别琼护在身后，冷不防自己的肩上、胸上已经中了两刀，一瞬间血流成河。

邵小尉哪见过这场面，吓得花容失色，整个人顺着幼儿园的铁门滑下去，瘫在地上。蒋晓光、乔磊反应过来，迅速跑到男人面前，将他团团围住。

男人原本挥刀乱砍的动作突然停住，也许他认为别琼是相对较弱的一角，挥刀直劈向温沈锐身后因疼痛而稍微倾斜身体的别琼。说时迟那时快，温沈锐发疯般冲向菜刀的方向一挡，以卵击石般整个人靠在男人身上，同时一个大脚踢中男人裆部。男人身体失去平衡，菜刀却斜劈在温沈锐的锁骨上，继而沿锁骨斜刺下滑，露出白花花的肠子，整个人摔飞出去……

乔磊大骂一声"×你妈的"，跳上去用手臂钩住男人的脖子。戴川和蒋晓光合力将男人按倒。

别琼魂魄终于归位。

"温沈锐，温沈锐，"她泪如雨下，叫着他的名字，跪在地上抱住他的头，"你听到我在叫你了吗？"

他的眼睛动了下，嘴角上扬，居然在笑。

"救护车马上就来了，你听……呜哇，呜哇，"她学救护车的叫声，"是救护车的声音，你别怕，我在，别琼在。"她吻他的额头，紧紧抓住他满是鲜血的双手，"温沈锐，我不许你离开，你挺住，你挺住，我还有好多话要告诉你，你听到没有……"

"别琼……别哭……"想要伸手替她擦眼泪，手指动了动，却没有力气。

"你不需要这样的，都是因为我，如果没有我，你就不会，你就不会……"她哭至哽咽。

"我再没遇到像你这样，让我见到就忍不住……嘴角上扬的女孩，我知道我们的缘分已尽，但……从……从没想到是这样的尽法。"

"求你不要讲了，求求你……"

"失去你，是我无法挽回的错误。我恨当初的懦弱、自私。但后来很开心，在我的店，即使见不到你，也知道你在对面……我绝不……允许你受一点儿伤，又怎么能够……看着你在我眼前消失。"

连乔磊都不忍再看下去。

"别琼，我好像……有点儿冷。乔磊……似乎比我更喜欢你啊。"他只剩下眼珠能转，看向乔磊的眼睛，有大颗泪珠滚落，"麦麦阅读时光……时光，送你们……结婚……结婚礼物……好不好？"

"温沈锐，你会没事的，"乔磊哭得像个孩子，"别说话了，求你……"

他的声音越来越低："好好照顾她……如果有来世，我不会这样轻易把她让给你。"

鲜血汩汩流出，漫过蒋晓光脱下来的盖住他伤口的风衣，流到地面，流到校车轱辘的另一端，流到路边条形格子的排水盖板里。

别琼听到他说的最后一句话——

"别琼，现在的我，算不算……"

她把耳朵凑到他的嘴边，听到他断断续续的近似梦呓的声音："算不算，奋不顾身爱上一个人……"

翌日，别琼躺在医院的病床上，听到本地电视台最为熟悉的主持人在报道——

"本台讯，11月3日下午，麦城最大民营幼儿园'向阳花'十五名儿童和四名教师被人砍成重伤。其中一名重伤儿童及一名书店老板经抢救无效死亡，重伤三人，其他受伤人员正在医院被全力抢救，目前生命体征正常，无生命危险。犯罪嫌疑人已被当场制服，有关案情详细进展，请关注本台今天晚上发布的新闻。"

乔磊拿起遥控器关掉电视。

别琼问："怎么，我现在失明了，你就觉得没必要开电视，瞎子点灯白费蜡，是吗？"

第九章 ———

Chapter 9 ＿＿＿

只剩携手珍惜眼前人，笃定走好每一步，是不是？ ————
可你偏偏不肯这样做。

1

别琼自送到医院，失明已有三天。

全身上下检查无数遍，外伤主要集中在手臂，做了小手术后戴上护板，等伤口痊愈，甚至可以再做美容除疤。

可她说什么都看不到，睁眼闭眼，"眼睛里都是如泄洪般的鲜血"。

温沈锐的死，让她深受刺激。

乔磊请来全城最好的医生，那七十多岁的刘教授详细询问了她本人的身体情况、家族遗传史，又亲自带她做了各项检查。

他把乔磊拉出门外："我建议你把神经内科老于叫过来。"

"什么？您是说她……"

"别紧张，乔总，"老教授看出他的焦虑，"我怀疑她并非眼部、脑部的问题。您看这份检查，左眼有光感，右眼检查未见异常。左眼前段无异常，瞳孔3毫米；直、间接光反射灵敏，眼底未见异常，眼压正常，头颅CT未见异常。"

"这说明什么？"

"我推测……是癔症。"

"癔症？"

"对，所谓癔症，是由一些突发事件引起的精神障碍，比如受到强烈刺激，或者内心有过非常极端的心理冲突，导致她过度恐惧、担忧、崩溃、情绪失衡，在这个过程中无法调节，超出她的心理承受极限，身体出现了一种本能的自我保护，觉得自己失明了、瘫痪了、聋哑了……"

"您是说，她是装的？只是一种感觉？"乔磊不解。

"不不不，癔症不是装的，实际上没有任何问题，但患者本人的内心深处会认为自己失明，她深信不疑。"

"那要怎么治疗呢？"

"叫老于吧。她最擅长这个。"

十分钟后，于教授过来，看过刘教授手里的资料，二人交流了一会儿。

于教授坐到别琼旁边。

"别琼小姐，告诉您一个好消息。现在有一种美国最新进口的高级镜片，不论因为什么原因失明，戴上后都能迅速恢复视力，只是价格有些贵。您要不要试试？"

乔磊说："没问题的，价格不是问题。"

医生示意他噤声，继续问别琼："别琼小姐，要不要试试？您的决定是什么？"

她踟蹰着："立即恢复？有这么厉害？"

"是的，现在医术发达，即便人类没有眼睛，也可以装上电子眼，通过电子导盲仪器感受二维黑白图形。"

"好，我试试。"

医生将手中的黑色眼镜放到她的手上："你可以自己戴上。戴上后，视力即可恢复到左眼1.2，右眼1.0。"

她紧紧抓着手中的眼镜，似有些紧张。

乔磊握住她的手："没事的，小别，我在。"

她戴上眼镜。

满屋子的人齐齐看着她。

"小别，看到我了吗？"

"……不。"

乔磊以为自己出现了错觉，明明看到她的目光闪烁，向自己走来时甚至会避开桌椅，可是她说"不"。

于教授也颇为意外："这样，您先躺下休息。"

她示意乔磊和刘教授到门外。

"刚才的疗法，是我们针对这类病人所做的最普遍也是最有效的心理暗示，我手里拿的其实不过是个普通的平面镜。经我这样治疗的患者，治愈率95%。没想到对她居然无效。"

乔磊急了："您的意思是治不了？"

他已经准备打电话给助理，联系美国的医生。

"不，不是。我想，也许是受的刺激太大，她只肯沉浸在自己的世界里，不肯出来，不肯相信自己并未失明。"

刘教授问："她，有没有特别重视的人，特别想要弄清楚的事情？什么东西或者人出现了，她最想见到？"

"是个好主意，"于教授赞许地看着刘教授，"我确认她双目没有问题。也许还需要一些时间。这几天注意好好休息，现在觉得看不到，也挺好，这本来就是对她身体的一种自我保护，我们再等等看吧。"

送走两位医生，乔磊关好门，她便警觉地转过头，问："乔磊，我想问，他的葬礼办了吗？"

"办了的，"他说，"前天。"

"这么快。"

语气里听不出悲喜，更像自言自语。

等了一会儿，见她并无过激反应，他说："这件事情各地媒体报道得有些大，那个杀人狂，据他自己交代，因对社会不满，希望媒体曝光，才去幼儿园……"他不忍说下去，"所以市委这边给我打电话，希望媒体不再报道，以免有更多人看到此类新闻，为求曝光率，再出现类似事件。尸体……也希望尸体尽快火化。"

"哦。"

"戴川在操办他的丧事。我才知道，原来他爸只是老实巴交的农民，市政府给了二十万的抚恤金，他说什么都不肯要，说人没了，要钱有什么用。"

"他妈呢？"

"听说在他很小的时候就跟他爸离婚嫁人了，这么多年一直没联系过，没有人知道她在哪儿。"

她沉默了一会儿："他是为了救我才……我……没脸见他老人家。乔磊，我卡里有点儿钱，不多，但是我的心意，要不然，你替我……"

温暖的大手抚过她的肩膀，乔磊稳稳地站在她的身后，眉头紧皱。

在这时候想这些当然不合适，可如果说双目失明是对自己的保护，那么她的心是不是也对他就此关闭了？

他对二人的未来不再抱任何希望。

"医生本来就叮嘱我们，不要让你受更多的刺激。你的歉意，我也向叔叔表达过，他说，小锐是好孩子，不怪你。叔叔不缺钱，他说，这几年小锐没少寄钱，够他下半辈子花了。"

"哦。"

顺着她的目光，乔磊看到放在柜子旁的纸箱，想起来什么："上午戴川来看过你，见你睡觉，就没叫你，放下一个大牛皮纸信封就走了。"

他从口袋里翻出一个宝石蓝色的指甲刀，挑开密封的透明胶带，递给别琼。

手指捏了捏，硬硬的。

"好像是个日记本。"

她的表情开始急促不安："我看不见，我看不见，乔磊，血，都是血，血海……"

"小别，你别慌，别慌。你听我说，"他抓住她的肩膀，"如果你愿意，一会儿我念给你听，好不好？"

牛皮纸信封被她紧紧抱在怀里，她没点头，也没摇头。

"忘记跟你说件事。"他决定岔开话题，"他的追悼会是前天开的，那天我在场，发生了一件特别奇怪的事情。不知道从哪儿得知的消息，来了一帮叫什么……"说到这里，他皱了下眉，"哦，叫'同肝共苦'论坛网的网友，天南海北的，来了少说有一百多号人。一个个跪在他的棺木边，哭得十分伤心。"

"同肝共苦？"

"没错，当时的场面把大家弄蒙了。后来我和戴川找他们的发起人聊了一会儿，才弄清楚了事情的真伪。"

"你说吧。"她的情绪似得到安抚，慢慢安静下来。

"'同肝共苦'论坛是网友自动发起的，是中国一个相对很知名的乙肝携带者公益组织。论坛五年前成立，注册会员几十万人。温沈锐既是站长，又是这个公益组织的发起人之一，主要为中国乙肝患者提供最直接、最全面的帮助，线下聚会、交友，还请了各大肝病专科医院的医生答疑解惑。这个公益组织最有名也是最让业内人士佩服的，是为因肝病而被剥夺了求学、就业机会的肝病患者维权，通过法律争取合法权益，并向大众科普乙肝知识，并没有一些不良商家宣传得那么可怕，平时接触不会传染等常识。"

"啊。"

她愕然。

"四年前，他同几个负责人把重点放在推进中国反乙肝歧视运动上，发起了几起'乙肝歧视案'和维权诉讼案，合法维护乙肝携带者的各项权利，轰动全国。"

"我好像看到过。"她歪着脑袋，"几乎全国的媒体都在报道那件事，网上更是热门，各大门户网站的热点持续了很多天。"

"是的，听说，为此他受到过用人企业的人身威胁。最难的时候……还曾经被友人强行带到国外去避难。"

"这么夸张？"

"也许我们不了解这个群体，所以对此知之甚少吧。在国内，对乙肝病人的歧视确实远远超过我们的想象。其实，远不仅这些，他们还为因得了肝病而在婚恋中被歧视和排斥的单身男女组织相亲活动。论坛里，少说上万人获益，他的网名叫'花间一壶酒'。"

"花间一壶酒，独酌无相亲。举杯邀明月，对影成三人……"她喃喃念叨，问，"你也没想到，他是因为这个被强制退学的吧？"她想起那天，乔磊魔怔般追问他退学的原因，步步进逼。

"是的，我几乎要羞愧而死。那时我还以为……还以为他偷了东西或者做了见不得人的事。"温沈锐家境不好，众人皆知，不过是碍着他学习好，无人敢造次，连玩笑都不敢开。

"呵呵。"这下是冷笑了。

他不以为意："他们这次过来，是在电视里看到报道知道的消息，在论坛里一发布，报名参加追悼会，经过另外几个负责人的筛选……你没见到那天的场面，在那些人的眼里，和亲人逝世没有任何区别。不，我这个比喻不太合适，"他想了想，斟酌着用词，"对他们而言，他是英雄。"

"英雄？"她很难把这个词同温沈锐联系起来。

不知道分手的真相时，觉得他是懦夫，同女友分手不敢做任何交代的懦夫。

得知真相后，依然觉得他是懦夫，仅仅因为肝病，就用这样的方式和自己分手。

他是英雄？

怎么会？

可是在那千钧一发之际，他冲在孩子的最前面，冲在她的最前面。

她对他的了解，实在少之又少。

"戴川说，他早留了遗嘱，似乎料到自己会出事。那个笔记本，是他留给你的。现在……"乔磊故作轻松的语气，"刚才于教授拿来的那副装了高级镜片的眼镜，我放在你枕边了。如果你想看，"他抓着她的手，"喏，在这里，有没有摸到？如果你想，随时可以试试。"

公司还有很多事情等着他处理，市宣传部的领导一个小时一个电话地催，更何况，眼下自己并不适合继续留在这里。

"邵小尉马上就到，如果你有急事，可以按床边的呼叫铃，护士随叫随到。晚点儿我再来看你。"

她点点头，木然地回答道："好。"

2

会议室内密密麻麻地坐满了人。

过道里、走廊内，扛着摄像头的电视台记者、闻风赶来看热闹的附近居民，虽然有街道派出所的十几名民警阻拦，拉起的警戒线亦将出示记者证的记者和附近的普通居民分成两拨，依然无法阻止看客的热情。大家都探着身体踮脚打量，现场十分混乱。

依次坐在会议室主席台上的，从左至右，依次是蒋晓光、张董、麦城市政府市长孙裴岭、公安局局长赵曙光、教育局局长刘一鸣。五人就座的拼成一排的桌子前面挂了一条横幅，上写着"'11·3'案件新闻通报会"几个大字。

主席台下，密密麻麻地架满了各大电视、报纸、广播、门户网站的记者的摄像机。

坐在正中间的孙市长冲主持人蒋晓光微微点下头，示意发布会可以开始。蒋晓光按下话筒的"on"键，被打开的话筒受到不知道来自谁的手机信号干扰，发出刺耳的尖鸣，整个会场陡然安静下来。

"各位媒体朋友、各位家长、各位领导、各位先生、各位女士，你们好。我是'向阳花'教育机构的总经理蒋晓光。首先，请允许我代表我们整个教育机构的教职人员，向在'11·3'案事件中逝去的温沈锐先生、危小辰小朋友致以最沉痛的悼念。请全体人员起立，默哀一分钟。"

短暂的骚动之后，会议室内的所有人员默默垂首站立，神情肃然。

"默哀完毕，请坐。"

等到所有人都坐下，蒋晓光环顾四周，语气坦诚："今天的发布会，相信各位——"

话未说完，坐在最前排的记者们陆续强行打断他的发言——

"少来这些虚头巴脑的话，我们就想知道，你们幼儿园在这次事件中如何承担过错和责任？"

××网的记者最是激动，握着拳头不停挥舞："民间盛传你们看到杀人犯提着菜刀过来，所有教职人员吓得全都跑了，这才导致孩子们死的死、伤的伤、残的残。"

"到底死了多少个孩子？"卫视台的记者拿着的话筒几乎撞到他的脸，"为什么你们对外一直报道是一个人？你们是不是故意隐瞒死亡人数？网上说死了上百个孩子的微博，已经在一天内转发到十几万次，你们到底什么时候公布真相？"

更有都市台膀大腰圆的记者抓住他的衣领："听说杀人犯是你们幼儿园的老师，因为对工作不满，所以将怒火发泄到了孩子身上，是这样吗？"

站在外围的家长不顾警察拦着，拼死往前闯——

"你们作为私立幼儿园的NO.1，是否存在着创办幼儿园只为了赚钱，而不是以教育为目的问题？除了幼儿的安全问题，是否还存在非法办学、饮食安全等问题？"

"我们想要最真实而具体的死伤人数！"

"今天这么多市委领导在场，敢不敢做到彻底公开、透明？要是有一点儿偏袒，×你八辈子祖宗！"

……

群情激愤。

男记者被两名警察拖走，蒋晓光整理下衣领，微微咳嗽两声，示意大家安静。

"我非常感谢各位对本次事件的关注，也十分理解大家的疑问和愤怒，"他与刚才提问的记者们逐一对视，"如你们所说，今天这么多市委领导在场，我们同受害幼儿的家长，同现场你们这些舆论的喉舌一样，希望真正能够做到公开、透明，没有任何偏袒。我以我个人的名誉起誓，下面我所说的一切全部真实，我本人愿意承担——"

发言再次被打断。

这次提问的，除了现场的记者，更有义愤填膺的幼儿家长。

"你的名誉？你的名誉值几个钱？"

"你以为你是谁？"

"你的名誉能让孩子们起死回生吗？"

"我们凭什么信任你？"

"你们是私立幼儿园，一切都以赚钱为目的，谁知道你们给了当官的多少好处？"

……

他明明未做任何亏心事，现场的几个家长和记者的不断质疑更是无中生有。也许是几位市委领导的在场添加了几许压力，更多的也许是他并不愿意拿出能让所有人都闭上嘴巴的东西，总之，他的额头开始冒汗，心竟有些慌了。

他求助地看向张董，发现张董正同旁边的公安局局长赵曙光耳语着，并未理会他，心里不由得咯噔一下。

"下去！下去！强烈要求关掉不良幼儿机构！"

"再容忍你们继续办学，就是在谋杀生命！"

"'向阳花'滚出麦城！"

"所有视生命为草芥的教育机构，不得好死！"

"滚出去！"

"滚出去！"

……

呼声越来越高，先是几个幼儿家长带头高呼，继而包括记者在内的所有人均跟着开口怒吼，声音一浪高过一浪，恨不得掀开整个房顶。

"'向阳花'滚出麦城！"

"'向阳花'滚出麦城！"

"'向阳花'滚出麦城！"

"'向阳花'滚出麦城！"

场面越发不可收拾。

"都他妈的给我住嘴！"

现场突然响起一个尖细的女声，这声音虽然未通过话筒，却远比对着话筒说的话的音量更大，更为震耳。

"蒋总，我不明白了，都这个时候了，你还有什么理由不让大家看这个！"

是关嘉嘉。

不知何时，她站到了主席台后面，手里拿着一个小小的金属U盘。

"各位，你们不是想公开、想透明、想知道真相吗？这是我调出来的我们幼儿园门口摄像头当天的视频资料，现在我就放给你们看！"

她打开会议室最右角落里高高独立的主席台上放着的超薄笔记本，插上U盘，打开投影仪，等待机器启动的过程中，她回身对台上坐着的领导们说："对不起了，诸位领导，没能经过你们的同意，我就这样做了。我不知道今天的具体流程是什么样的，但既然事情已经到了这个地步，在这个谣言满天飞、百口难辩、信任额度十分低下的社会，我想，这是目前平息民怒、还我们清白的最佳处理方式。"

说完，她并不理会台上几位领导的态度，她本来就是通知他们一声，而不是等他们首肯的。

从幼儿园小朋友从校车里下车，到温沈锐挡在最前面踢出最关键的一脚，乔磊、戴川、蒋晓光合力将那杀红了眼的人按倒在地……十分钟前还是欢声笑语、其乐融融，十分钟后已有人世事两端，阴阳两隔。

现场寂若无人，安静得叫人害怕。

"蒋总，我放完了，你继续。"

她关了电脑，眼睛喷着火，挑衅地看向台下的人群，愤怒的目光扫射全场，见适才嘴巴里恨不得装着炮弹统一发射的人们此刻默不作声，这才缓慢而沉重地迈着步子从后门撤了。

在关嘉嘉放视频的整个过程中，蒋晓光始终背对着投影仪，肩膀不停地耸动。

整件事情已经在他的脑海里上演过上千次、上万次。

他尚未做好还原当天全部场景的准备，仅仅是听到声音，眼泪就已经顺着眼角淌个不停，嘴巴因为莫大的痛苦和悲伤颤抖着，完全不受他的控制，他再也讲不出一句话。

张董拍拍他的肩膀，拿过话筒，语重心长——

"各位媒体朋友，各位家长，各位领导，各位先生、女士，如你们看到的，我前面的座签，我是幼儿园的执行总裁。刚才，我的这位同事在面对大家几乎是一边倒的质疑声中，并未拿出视频资料，是他不知道视频资料的存在吗？不是的。我想，是他清楚这段视频太过血腥和暴力，他担心该事件牵涉到的家长和家属看过后，给他们带来很大的心理阴影，因此才没有主动提供给大家观看。事实上，我本人也不赞成这样做。"

适才叫嚣着"'向阳花'滚出麦城"的人们此刻低着头，不发一言。

"这次轰动全国的事件，要说责任，我们肯定也有。但今天，不想说太多，我提个建议。第一，希望以后每所幼儿园，不，甚至包括小学、中学，都有着有与银行一样的警卫级别，配备专业保安，甚至是退伍军人、民警。第二，得经过市领导的同意，我希望我们的研发人员能够尽早研制出一个比较好的、实施性强的方案和技术手段，可以让学校、幼儿园通过高科技手段直接连线公安部门，有任何风吹草动，特殊、意外情况，公安部门可直接行动。"

以市长为首的领导们赞许地点点头。

张董的神情突然格外悲伤，他站起来："最后，我希望，今天在场的所有人，可以再次起立，为我们'向阳花'教育机构的真正创始人温沈锐先生——再次默哀。他从来就不是媒体报道的什么路人甲、路人乙，他的真正身份是'向阳花'的创始人。因为某种特殊原因，不想公布身份，多年来一直是我替他出面打理一切，实则整个教育机构的真正负责人一直是温沈锐先生本人。"

什么？！

也就是说，在本次事件中，多次从杀人魔手里救下学生，为学生、为老师挡菜刀的……居然……居然是幼儿园的创始人？

"几年前，我和他相识于网络，后来成为忘年交……他不愿多说，我也不多提。若不是出了这次事件，他的真实身份将会永远隐藏下去。

无论如何，此刻，请允许我代表所有教职工，向他致以最沉痛的悼念。"

他面向西方，郑重地鞠躬三次。

不只是在场的媒体、家长，连蒋晓光也蒙了。

……

他并不记得那天是怎么走出会议室的，等到清醒的时候，已经坐在自己的办公椅上。

关嘉嘉盯着他，神色紧张："蒋总，您好些了吗？"

他如梦初醒。

不知道要对她说谢谢，还是批评她擅自做主。

"喝杯咖啡提提神。"她把原本放在桌上的咖啡往前挪了挪。

他确实需要这东西。

伸手接过，半杯咖啡进了肚，这才觉得舒服些。

"刚才哪儿来的那么大勇气？真是吃了熊心豹子胆。那是什么场合，哪儿由得你胡来？"他又气又急，还不能骂得太严重。

"蒋总，您不会是被那杀人魔吓破了胆，从此以后成了一个尿兮兮的人了吧？"

嗬，这小丫头片子，真是什么都敢说。

"还有呢？"

"我觉得您今天表现得太怂了，简直跟我平时接触的您大相径庭，完全是两个人。"

"所以啊，我们这种老头子，你们还是离远点儿好。"

"……"

"当——当——当"。

办公室的门，被轻轻敲了三下。

"我可以进来吗？"

真真切切是邵小尉的声音。

除了那杯咖啡，此刻能救他性命的，唯有她。

"请进。"

邵小尉素颜素衣，穿着平底鞋出现在他面前。

"来来来，给你们介绍下。这是我同事，关嘉嘉。关嘉嘉，这是我女朋友，邵小尉。"

关嘉嘉惊得跳起来，看看邵小尉，又看看蒋晓光："不不不，刚才的介绍不算，我是蒋总的追求者，"她想了想，换了一个词，"追求未遂者。"

"啊？"邵小尉很少见到这么直接的人，不由得一愣。

"不过，刚才突然觉得，也许他并没有我想象的那么好。"关嘉嘉撇着嘴，"他这样的老男孩，果然还是更适合你这样的老女孩。我呢，也突然觉得，之前一直追求我的周少亮好像突然高大伟岸了许多。"

这这这，剧情为什么如此突变？

老女孩？邵小尉没反应过来："她在说谁？"

蒋晓光突然觉得很头疼。

"你们两个腻歪吧，我闪了。"她像看老古董一样看了他俩一眼，不可思议地耸耸肩，唱着rap晃动着身体离开了。

"今天好些吗？"

——两人异口同声。

"还好。"

——又是异口同声。

"你先说。"

蒋晓光笑笑："你怎么来了？"

"就是有点儿心慌，所以过来看看你。发布会怎么样？有人刁难你吗？"

"还好。"蒋晓光不愿多说，"都过去了。"

"那就好。你这样说，我就踏实了。"

"别琼好些吗？"

"医生还是坚持自己的观点，认为她根本没什么事儿。下午陪了她一会儿，连话都很少说。"

邵小尉的视线落在蒋晓光办公桌上放置的电动流水喷泉上，那里观音大士正坐在喷泉中心，潺潺流水自上而下流动。

这是发生了那天的事情后，她特意买来给他镇风水、保平安的。

她惊呼："你看，彩虹！"

蒋晓光并未顺着她的视线看去，他折下观音大士玉净瓶里插着的一根柳枝，不经意中绕成了一个小小的圆环，此刻邵小尉的小圆脸正笑盈盈地看着他。

他不由得心一动。

把柳枝圆环轻轻地套在她手上，蒋晓光问："小尉，虽然我们相识没多久，可我一直觉得，像是认识了你半生。关嘉嘉觉得我是被这件事吓破了胆，可是我明白你，正如你明白我，当亲眼目睹身边熟悉的人被人杀害，那一时刻才意识到，人类在世间万物中，原来是如此渺小，生命如此脆弱，如此不堪一击。当时心灵受到的冲击，简直无法用语言来表述。"

邵小尉的笑容渐渐收敛。

"我喜欢我现在从事的行业，我爱这里的孩子们，也爱你。如果我说，此后的生命，只献给这所幼儿园，还有你，你愿意嫁给我吗？"

"嗯？"

她似乎没听清。

他又重复了一遍——

"我喜欢我现在从事的行业，我爱这里的孩子们，也爱你。如果我说，此后的生命，只献给这所幼儿园，还有你，你愿意嫁给我吗？"

"对不起，"她说，"晓光，对不起，我不愿意。"

他震惊得说不出话来。

居然被拒绝了。

"你还是忘不了戴川？"他绝望地看着她，"我始终比不上戴川，是不是？"

他果然太自信了。

一见钟情怎敌得过青梅竹马？

她和戴川的事情，他早有耳闻。同其他人觉得这对冤家不可能真的彻底散伙完全相反，他倒是认为缘分真的散尽了。

他觉得，感情是这世界上最经不得折腾的事物，它远比人类想象的要脆弱许多。你跨越了漫长的岁月长河，不知道要做出多少努力、累积什么样的缘分，终于走向她，终于能够取得她的信任慢慢亲近她，继而确信自己对她深爱无疑的同时，还要默默祈祷上苍——刚好她没有男朋友，也有着同样的深情和热情，你遇见的正是如痴如狂地爱着你的单身的她。

只剩携手珍惜眼前人，笃定走好每一步，是不是？

可偏偏有人不肯这样做。

不回她的微信，不承诺说过的话，争吵时不懂让步继续说着绝情的话，为了面子、自尊无情地疏离她，不见面、不联络、冷暴力全都对着她，做着伤害她的事情，一步步推远她……直至推到再也看不见她的身影，杳无音讯。

依然无事人一般该干吗干吗。

某一天突然良心发现，终于想起来找她——

亲爱的，我爱你呀！

你在哪儿？

我们在一起永远不分开，好吗？

我其实最爱的，一直是你呀。

……

滚蛋，一边玩儿去！

要有着怎样低的情商，如同流浪狗一样摇着尾巴贱兮兮凑上去，说："亲爱的，你回来了吗？你终于找我了吗？我一直待在原地等着你啊。"

爱情不是演苦情戏，好吗！

自始至终，真正相爱的人，拼的永远是谁对谁更好。

——且这种"好"，是当事人以为的好。

而不是付出者认为的好。

如果是付出者认为的好——同情跟绑架、勒索没什么区别。

这个道理，蒋晓光用了很长很长时间才明白。

可是，邵小尉，你懂吗？

他心生寒意，像陌生人般凝视着邵小尉的脸。

邵小尉也在凝视着他，相识相恋的过程在脑海里反复闪现，她的眼神，像是要穿透他整个人，照亮他整颗心。

"很久之前，我在网上看过一位爱情心理医师说过这样的一段话。她说，如果可以，她很想致90后的父母：鼓励你家儿女早点儿谈恋爱，晚点儿结婚。十七八岁开始恋爱，在情场上摸爬滚打十几年，失恋几次，到了三十岁可以知道——第一，要不要结婚。第二，该跟什么人结婚？不要像80后的父母，二十五岁以前不许谈恋爱，二十八岁从来没恋爱过却要逼婚，不可能完成的任务，勉强完成了，离婚的可能性也很大。"

戴川带着钻戒来找她，是同她有一样的决绝心态，知道大势已去，他们再不会有那样见面的机会，再不会有可能重新做一回恋人，索性怀着鱼死网破的心，做最后一次挣扎。

可是他俩都知道的，鱼已死，网已破。

再回不到最初。

"我们认识得早，恋爱得也早，可是在本该热恋的最美好时光，我们却用了那么久的时间来证明，原来，我们根本就不合适。其间的代价有多惨重，你是知道的。我现在只庆幸，我终于明白，我该跟什么人结婚，我要不要结婚。"

她的手抚过蒋晓光瘦削的脸："所以，当你说，此后的生命，你只献给这所幼儿园，以及我。我当然要拒绝。"她嗔怪道，"把我放在第二位，我怎么可能愿意？"

3

忙过了温沈锐的丧事，选好墓地下葬后，戴川作为遗嘱执行人，连同律师，在"麦麦阅读时光"处理其他后事。

温沈锐建立了"乙肝病人公益基金"，接受普通大众的捐款，帮助更多的乙肝患者。这个公益基金由专人负责，几年来运转平稳，基本不用操心。"向阳花"教育机构每年抽出5%的利润用作对国家级贫困县贫困小学的资助。每所小学，他都亲自实地考察，买最实用的物资让当地贫困学生和代课老师直接受益。遗嘱中，他交代戴川，可继续如此操作，但务必每年考察三到六次以上，再推进执行。

"麦麦阅读时光"基本是不盈利的，利润低，房租高，收支平衡。他留给了乔磊和别琼，当作新婚礼物。

他个人的财产所剩无几，除了"向阳花"的股份，平均分作三份，分别用于"乙肝病人公益基金"、贫困小学贫困学生和代课老师的捐助，以及"麦麦阅读时光"此后的正常运转。

戴川想，原来，他从来都不曾真正了解过他的发小儿。

他还有一些谜团没有解开，想来，只有交给别琼的那个笔记本里才会有答案吧。

几乎一夜未睡，早上老太太熬了热粥，叮嘱给别琼带去。

"小姑娘也够可怜的。"老太太念叨了好几天，本来还闹腾着要亲自去看她。他怕亲妈说话没把门的，她受的刺激已经够多，拼死拦下。

提着装好营养粥的保温壶，一路上了四楼，拐过护士台，转弯就是别琼的病房，远远地看到蒋晓光正搂住邵小尉的肩膀，两人笑嘻嘻地走来。

他正犹豫着要不要回避，过会儿再来，却见邵小尉没心没肺地喊："哎，前夫！你也来了？"

原本还忙碌得直抱怨累得要死要活的小护士们此刻停下手里的大小活儿，齐刷刷地看向他。

够了！

他到底要拿她怎么办？

脑子里走神，因此左脚滞缓了半拍，偏偏不知何时右脚鞋上的鞋带开了，被左脚踩住，迈出去的右脚绊住左腿，整个人失去平衡，朝前摔去。

邵小尉只看到戴川整个人扑向地面，手里抱着的保温壶被摔出去老远，嘴里叫着："哎呀，粥！我的粥！"

【 如果你曾奋不顾身爱上一个人 】

Chapter 10 _____

　　我只是骨子里存着一丝侥幸，觉得你和我从来都 ———
是一路人。在没有真正处理好一份感情前，确定自己
的真实心意时，你和我都绝不会轻易开始另外一场爱
情的。

　　任何时候，爱情都绝不是廉价的地摊货，任人挑
挑拣拣，随意买卖。

1

最初，眼前只是一团模糊、鲜红而硕大的血块漫无目的地飘着，慢慢生出大片大片呈泡沫状的浮游物，越积越多，覆盖过头顶。排山倒海般的力量压得人抬头困难，又似被勒住脖子，将近窒息。那血色泡沫突地翻滚成锥形漩涡，将她整个人卷起带到高空抛下。卷起，又抛下。

周而复始。

不知道过了几天几夜，麻木地被医生带去做各项检查，脑部CT、抽血、验尿、量体温……邵小尉、戴川、蒋晓光、张董、乔磊，甚至幼儿园的小朋友带来的饭或水果、零食，食不知味，吃成了本能，单单为了活下去。

嘴巴的另外一个功能——说话，也基本丧失，没有任何跟人交流的意愿，偶尔被人问话，能用一个字说清楚的，绝不说两个字，多问两句，她便情绪失控。尤其对乔磊，简直鸡蛋里挑骨头，他说什么都是错，做什么都看不顺眼，见到他便烦。可他不来，她又生恨，这恨攒成了一把火，就等他来了把它点着。

他不来，这把火越攒越多，绷不住了要发泄，管他谁来，逮谁烧谁。

邵小尉私下里跟蒋晓光说，还不如烧乔磊一人呢，牺牲他一个，幸福十万家。

乔磊当然也恼怒，可出了这么大的事情，她又病成这样，自然没法儿跟她计较。

扶别琼坐在轮椅上，推她去医院的小凉亭放风时，邵小尉套她话。

"别琼啊，今天好点儿没？"

"没。"

"你看，跟你商量件事哈，你能不能对人家乔磊好点儿？"

"不。"

"人家哪里招你了？"

"管？"

邵小尉还得想一下，才明白她是在说"用得着你管"的意思。

小心翼翼带着战略同盟的情感色彩，是要让她知道，其实自己是跟她一伙儿的。还要敲打敲打，不能纵容她得寸进尺，须见好就收。

"其实吧，有时候我看着乔磊也来气，真的。不过说句良心话，你是不是把温沈锐的事迁怒人家了？"她按住别琼，"你也老大不小了，

207

别老耍孩子脾气，有点儿破毛病真真把自己当老太后了。可这事儿关人家乔磊什么事儿？人家是喜欢你，喜欢你，你就觉得可以随便对人家了？这也就是乔磊，换作我，早溜得没边没影了。"

出乎意料，别琼并没有敌对地迅速反驳或者说出某个字，而是扭了下头，又慢慢转回来。

她暗喜，继续说："我懂了，其实那天虽然走在最前面，但我还是看到你和乔磊……其实我还挺开心的，你俩吧，要说也真是一对冤家，能在一起也挺好。可偏偏那天发生了那件事……"

"你想说什么？"

终于不肯说一个字了。

邵小尉打蛇随棍上："我想说，你现在用这样恶劣的态度对乔磊，并不是因为你真的有多么讨厌他。而是你和他确定了恋爱关系没多久，温沈锐就出了事，你恨自己，所以用最坏的态度对待乔磊，让他难受，让他心疼，你呢，也就不用那么愧疚了，是不是？"

别琼原本放在膝盖上的双手突然紧紧抓住轮椅两端轱辘上的滚轴，手背上青筋毕露。

"别琼，事情都过去了，我们谁都不是小孩子，出了事情只需要躲到大人身后，把他们一推，就可以解决问题。逃避不是办法，迁怒他人更没有道理。总不能指望别人一辈子任凭你迁怒吧？如果你愿意，我们一起面对现实，好不好？相信我，我会一直陪着你，直到问题解决。"

高一，她和她成为同桌。

物理、化学课小测试，下马威下得有点儿大，18分、20分的考卷发下来，她趴在桌上哭。可她听见邵小尉说："我当为什么事儿哭呢，原来是为这个，搞笑。"

她仰起哭得惨兮兮的脸，问："你考了多少分？"

邵小尉把考卷递给她，大方地说："你自己看。"

物理8分。

化学11分。

越发不解了，还以为她考得多么好，能这样得意。

见她迷惑的表情，邵小尉笑得更加灿烂："傻了？分数考低了，有什么不好？"

她呆呆问："有什么好……吗？"

"当然。"邵小尉托着腮，"不论发生什么事情，好的自不必多说，坏的、预料之中的，突如其来的，我都会相信——这件事情的发生，一定是对我有帮助。它让我从容应对，锻炼我面对困难、危机时逐渐形成积极的困难观，累积我处理困难的经验。再有问题出现时，我一定比这次处理得更好更快。"

——她在说什么？

"初中的时候，物理、化学蒙蒙还能勉强凑个及格。高中了，就不一样了，是不是？发现问题了吧？下次物理课、化学课，再偷偷写英语作业、看小说，肯定还是不及格。"邵小尉冲她斜斜眼睛，"得了，还哭？咱俩谁都没认真听过一次讲，怎么可能及格？听不懂不是理由，至少听听嘛。这不仅仅是一次测验，更是对我们这两只不重视听课的马马虎虎的老虎的敲山震。"

敲山震？

这个成语还可以这么用吗？

……就是那时喜欢上她的吧。

觉得这姑娘思考问题真不一般，慢慢发现她更多的优点，有着其他女生无可比拟的好，除了在爱情这件事上捣乱外，她从未做过任何一件让别琼心灰意冷的事儿。

"别琼，别琼？"

邵小尉用手在她眼前挥舞了一下，手尴尬地停在半空，马上自我解嘲道："呃，不好意思啊，别琼，我忘记你……"

"小尉，我的包里有个牛皮纸信封，你递给我，好不好？"

"啊？"邵小尉反应过来，出门的时候她问别琼要不要带什么，别琼指了指挎包。她还暗想，该不是脑子也坏了吧，放个风而已，带什么包。她拉开拉链，很轻易地掏出那个皱巴巴似被人摩挲过上千遍的牛皮纸信封。

"给你！"她抓着别琼的手，将牛皮纸信封塞在她手里。

那钛合金的镜片的金属眼镜，自乔磊搁在她的枕边后，她便一直偷偷藏在上衣口袋里，有过无数次的冲动想要戴上它，怕再次失望，并未复明——可也许，内心深处更怕的是，复明后，看了笔记本中的内容无法承受。

可是，小尉自高中起便明白的道理，为什么她到现在都无法从容面对？

总是要独自面对，不再依附任何人的。

该来的始终要来，那些谜底，总要有人揭开。

这样想着，她从口袋里摸出眼镜，从容戴上。

耳边听到邵小尉深吸一口气的声音。

缤纷世界的窗户已重新向她打开。

那是一本再普通不过的B5大号记事本，封面的牛皮纸没有任何图案或文字，侧边车线装订，干净、简单且古朴，像极了温沈锐的穿衣风格。

打开扉页，有一行小字——

【如果你曾奋不顾身爱上一个人】

给别琼。

整本笔记本里，只有短短的两页纸写满了字，其余全是空白。

别琼：

不知道你看到这封信时会是哪一天，又有着怎样的心情？

今天是"麦麦阅读时光"营业第一天，我的心情大好。

一切步入正轨，比我想象的虽繁碎，可好在一切进展顺利，实现了我在几年前便生出的愿望，开心之至。遂跑到睡眠室小睡，醒来抬头看向窗外，刚好见你从外面匆匆回到幼儿园。你的步子依然如学生时代快而大，毛躁小丫头一个，这么多年，竟无一点儿改进。我微笑着看着你，想象着是你正迈着快而大的步子走向我，不由得扬起了嘴角。目光撞见桌上的碳素笔和一旁搁置的笔记本，突然就有了想要给你写信的冲动。

自在论坛被歧视乙肝患者的公司威胁，快递至一颗血淋淋的猪头至我办公室，又打电话、论坛发帖要我狗命，几位朋友怕我出事，谎骗我去谈项目拉我去了加拿大，没几日，住处突遭火灾，我便有了写遗嘱且每年都更新的习惯。

不久前决定回到麦城，整理资料时，发现竟无任何遗嘱提及你，不禁惭愧万分。反正今天闲来无事，不如就写下来，来年一并交与律师，随同其他遗嘱锁在保险箱中吧，我本来就欠你太多解释。

得知自己得了可能这辈子都无法医治的传染病后，很是低迷了一阵，甚至对你……唉，实在没脸提。这些我都听你讲过。后来我看了关于心理学和医学类的大量书籍。诚然，身体有疾病已经够悲哀，若精神再有疾病，岂不是要陷入万劫不复的深渊。

以前你曾问我，为什么父母给起了这样一个听上去十分言情的名字，我一直回避，从未直接回答你。说出真相，对我来说也非易事。我小时候原名叫温沈，因为妈妈姓沈，爸爸深爱着她，因此得名。结果一上学，就被班中的淘气鬼起了绰号，"瘟神""瘟神"地叫着。回家跟妈妈诉苦，妈妈说不因别人的错误改变自己，沈，通"沉"，希望我做个温和而沉静的人。但没多久，妈妈便抛弃我们父子……爸爸大怒，终日与烟酒做伴，更带我去改名改为温沈锐，他还是舍不得去掉妈妈的姓，只加了个"锐"字，希望我做个对女人凶狠锐利、不拖泥带水的男人。

最近看书越多，越对生命诚惶诚恐。我常幻想，假如我不是从小在单亲家庭里长大，性格怪僻多变，即便没有这样一个对我来说改变人生的疾病跟头，也会有别的困难等着我吧。我错失的良机，工作、爱情、学业、人际关系……曾经被老师被大人念叨的"性格决定一切"变成了最强大的咒语，情绪管理水平低下，内向、孤僻、易怒、偏激、片面、无法承受拒绝……在决定人生方向至为关键的转折点上，生命的主宰竟然是性格，它时而蹿出来给予我最有力的一击，时而躲藏在人类的背后，朝我诡异地笑。

大三时，我在论坛里认识了当时还在加拿大的华裔张董，那时我一直叫他张大哥。他虽大我十几岁，但因在网上谈得来，便在网上结拜为兄弟。那时正值股市牛市，我凭着小聪明赚了点儿零花钱，慢慢稳中有升，名声渐渐大起来。学校里有两个不学无术好攀比的富二代同学得知，两人斗气拿来巨款，压我运气赌博，我因此赚到了人生中的第一桶金。此后继续投在股市上，竟然如滚雪球般越滚越大，好在我及时抽手，幸运地避过熊市。

【如果你曾奋不顾身爱上一个人】

与此同时，阅读的大量心理学的书让我对幼儿教育产生了极为浓厚的兴趣，原来成长中遇到的各种问题都能够从书中找到答案，心渐明朗。张大哥本来就在当地开了一所小小幼教机构，见我感兴趣，邀请我去加国游玩。在他创办的幼儿园里，我深受震撼。他又邀我参观西方国家几大声名在外的幼儿园，我俩萌生了回国在麦城办幼儿园的想法。他早有回国之心，我俩一拍即合，开始办理各种手续。未曾想到，"向阳花"成立，对外招生没多久，全国就发生了多起乙肝病人被歧视、丢掉工作、与理想的大学无缘，甚至是夫妻关系因此破灭的事件，被媒体纷纷报道……考虑了几个晚上，我向张大哥负荆请罪，请他原谅我突然改变决定，退出"向阳花"，建立"同肝共苦"网站。我深受其害，愿倾全力帮助一切受伤害的肝病患者，帮他们谋权利、谋幸福……张大哥理解并接受了我的决定，但又不愿放人，希望我两头都要管理。考虑到一旦消息传出，家长因此有所顾虑，会影响"向阳花"的品牌，我便转而做起了幕后。反正张大哥更专业，又有经验，再找不出任何一个比他更适合做这件事的人。

　　社会终究在不断进步，乙肝病毒携带者等弱势群体在就业和教育方面的歧视越来越少，网站也步入正轨，不需要我牵扯太多精力。心生疲惫之际，我如此思念麦城，思念在麦城时曾度过也许是这一生最快乐时光的年轻的我们。

　　以前恋爱时，你说将来毕业了就去做个幼师，我呢，最好就开一家书店，这样将来有了宝宝，你就顺便带别人家孩子的时候，把自己家孩子也带了。我开书店，给人们提供精神食粮。到时候，老板娘想开门就开门，想关门就关门，累了，一家三口在书店里捉迷藏。你说，这就是你想要的生活。

那时的你真不知羞。可是别琼，你看，这些年，我们明明不在一起，可磕磕绊绊走下来，末了我居然走进了我们曾经一起设计的瑰丽的梦里。

　　看新进员工信息表时，才知道你竟然误打误撞进了"向阳花"。更让我未想到的是，乔磊这呆子，竟一路跟到底，追随你而来。他的家底我倒也略知一二，索性让张大哥放开手去谈，能得到风投，将"向阳花"推而广之，让更多人受益，本来也是我和张大哥的初衷。

　　看着乔磊欲擒故纵同你玩猫捉老鼠的游戏时，我简直笑得不能自持，这个家伙，是不是每次只要碰到你，就彻底失去了理智？

　　可这样笑的时候，我突然觉得自己可怜，乔磊远比我知道自己想要的是什么，他付出，他追求，他向你询问，他的目标明确、持久，让他失去理智的人从来都是你。而我，自以为成熟、稳重、君子，可让我失去理智的做任何事情的出发点，从来不曾有过你。这样想来，我似乎并不是一个适合谈恋爱的人。

　　少年时代那段曾让人永生难忘、刻骨铭心、清澈淳朴、奋不顾身的恋爱，只有那个时候的我才配拥有啊。

　　有心同乔磊竞争一把，可他看到你，从来都像是冲锋上阵的战士，精力充沛、干劲儿十足。而我，明明内心深处有十万个我想要，却孤傲决绝地摆出一副拒人于千里之外的姿态，等你主动摇尾乞怜，等你冲破层层阻碍，等你执着坚定地走向我。他给你的温暖和我呈现给你的疏离简直成正比。

　　看了这么多年的书，研究了这么多年的心理学，是不是好失败？

　　我已要成为老人家，这些是你们年轻人的游戏。

　　也许你从不知，你看向乔磊的目光里带着安定和欣喜，似乎他在，你便是一直快乐开朗真实的你。而任何时刻你见到我，都会迟疑片刻后，变成你想要成为的你自以为我会喜欢的淑女。

或许乔磊才是真正适合你的那个人吧。

能看透我们的心的，从来都是他人。

若非如此，我也不会放弃得那么快。我想，我会看着你步入婚姻殿堂，像个邻家哥哥那样，看着你不断成长。

麦麦阅读时光，希望将来有机会，我可以亲手将她送给你，作为新婚礼物。

你一定会喜欢它的。

也请你务必，好好照顾它。

2

戴川的婚礼如期举行。

新娘子长得倒也蛮清秀，也许只是时间短，并未看出怀孕迹象，小腹依然平平。

也唯有邵小尉这种没心没肺的人才会在酒席上接听电话说："哦，我在我前夫的婚礼上啊……对对对，没错，下周，下周我的婚礼，没错没错，不不不……不是他……"

蒋晓光干咳两声，引起她的不满，伸出踩在脚下的足有十厘米高的高跟鞋狠狠踩了他一脚，继续煲电话粥，跟人聊着自己前夫的结婚现场，眉飞色舞。

别琼以为她会哭成泪人。

原来一段感情放下后，可以这样洒脱。

乔磊来晚了半小时。

落座后，满桌昔日同桌，尤以男生为首，端着酒杯不断碰撞酒席桌上的玻璃转盘，发出哐哐的响声。

"迟到！迟到！自罚三杯！"

"迟到！迟到！自罚三杯！"

"迟到！迟到！自罚三杯！"

起哄声和酒杯撞击声响成一片，哄乱中，别琼听到乔磊说——

"我开车来的，下午还有事。这样吧，我让我女友代劳，好不好？"

话说出一半时，已有人不甘心地叫着："开什么车，今天谁不是开车来的，叫代驾。"

有人听完剩下的话："女友，你小子什么时候交女友了？"

他正等这句话："我叫小别叫了那么多年，你们还看不出我们俩什么关系？"

……小别？

"是别琼吗？你什么时候追上的？"

"小别，叫小别能看出什么关系？"有人困惑。

"小别，不管与她分别多久，任何时候我见到她，都感觉自己胜新婚。"乔磊回答得十分认真。

——小别，胜新婚。

他只肯叫她小别，原来竟是这样。

"我呸！"

"不要脸！"

"又吹牛皮呢吧？"

别琼坐不住，起身欲走。乔磊拉住她，温和又坚定："回来！"

他很少用这样的语气同她说话，她磨不开面子，又不想大家难看，动作慢了半拍，戴川携新娘子敬酒已经来到这一桌。

她有心开戴川的玩笑："瞧新娘子把你胳膊搂得紧的，婚都结了，难道还怕你逃婚不成？"

戴川笑，转头和新娘子对视几秒，嘴巴附在她耳边，低语道："她挺好的，我也想开了，对的时间遇见爱你的人，也就见好收了吧。我们的父辈结婚了再恋爱，我又何尝不可。小尉，并不见得就是那个真适合我的人。老天爷都不清楚，我舍不得的，到底是那份感情，还是她那个人。"

他站直了身体，放开了嗓门儿，像是说给新娘子听，又像是说给邵小尉和在座的友人听："各位，往事就别再提。希望咱们兄弟姐妹们各有各的握在手里的幸福。"他捏捏新娘子的手，似在请她放心。

邵小尉拉着蒋晓光大大方方敬酒："敬你们。别用防贼的眼光看我啦，"她笑，"我要是还对他有心思，你怎么可能有一点儿机会？戴川挺好的，就是有些孩子气，你只要有耐心，他总会长大的。"

新娘子倒是好脾气，面对这一桌亲眼见证了丈夫和前任分分合合的众好友，不卑不亢："谢谢各位帮我调教戴川了。请放心，你们未完成的任务，就交给我吧。我让他回炉再造，再待几天，保证看到一个金光闪闪的五讲四美青年——好！戴！川！"

大家哄然大笑。

有男生拿出准备好的苹果绑在细线上，上演经典的逗新人啃苹果游戏。喧哗中，乔磊走过来俯身问："要不要出去走走？"

这正合她的心意。

二人步行至酒店的后院，草坪中心的浇水机正规律地转着圈，往外突突喷水，转至最外侧处，水喷洒到窄窄的小水泥路上。乔磊拉过别琼的手，示意她弯腰，从他站立的位置，顺着他手指指向的角度，阳光直射在水柱上，正照出小小一道彩虹。

身体偏离一点儿角度都不可以，向上或者向下，那道彩虹便一点儿影子也无。

是不是爱一个人，也要这样？

合适的时间，合适的地点，合适的人？

差一点儿都不行？

两人在假山外圈起的台阶上坐下。

别琼抽出自己的手，尽量让声音听起来自然："乔磊，你为什么要把风投给'向阳花'？"

"温沈锐没告诉你？"

"他？"她确定乔磊没在开玩笑，"他倒是找我聊过，但从来没提过你。"

轮到他吃惊："大三时最后一次被你拒绝，我本死心跟随姨妈去了纽约，后来得知他被退学，你俩分手，便动用了一些关系四处打听。奈何院方不肯透露一丝一毫，我弄不明白自己到底哪儿不好，被你这样一而再再而三地嫌弃。便和他铆上了，想要和他拼个高低。"

"啊？然后呢？"

"妈妈嫁给Uncle An后，病情彻底好转。Uncle An也像看重他和妈妈的感情一样看重我。听了我讲的故事，对你和温沈锐都非常感兴趣。他把我当亲儿子，只要有时间，便把我带在身边。所以在国外这些年，我拜了名师学跆拳道，每天早晚都跟他一起运动，又送我上名校学习，跟他学习公司管理。偶然的机会得知温沈锐创办了公益网站，只觉得奇怪，并未联想到他自己也染上肝病。温沈锐的肝病公益基金，其实是有一半来自Uncle An给他的网站投放的广告费。不然，你想想看，就凭温沈锐的小网站，哪家公司那么傻，把巨额广告投给他？"

"……原来是这样。"

"我小人之心度君子之腹，以为他做了见不得人的事情而被强制退学，发誓刨个底朝天也要揭开真相，让他形象大毁，你也能彻底死心。可Uncle An敬重他的所作所为，多次语重心长地找我谈心，建议我采取更男人的方式追求你，我只好放弃。没多久，我发现，Uncle An从前副手的一个手下带他参观Uncle An旗下的多家幼儿机构，接着二人居然在国内成立了'向阳花'。我便有心插一脚。"

"你说的是张董。原来你才是……"她本想说原来你的Uncle An才是背后老谋深算的老狐狸，想想又不太合适，紧急收口。

"如果我说，我对他的关注远远超过了对你的关注，你会不会觉得可笑？我恨不得在他身上安个窃听器，连他晚上做什么梦都好奇。有那么一阵连我自己都恍惚了，再弄下去，显然是搞基的节奏了。"

"……"

"好吧，"乔磊挠着头发，觉得这个玩笑开得并不合适，"我在大学里主修经济管理，后来在Uncle An的提议下又兼修了心理学，亚盛又刚好归属在他旗下的子公司，便央求他把我调了过去。"

"你的意思是，你是冲他来的？"

"……你不会以为我冲你来的吧？"

她哑然，她的自我感觉太过良好，居然天真地以为别人都是为了朝她而来。

"当时我的确一直计划着回麦城，借着这个契机回来，想和他好好干一场，没想到直接捕到了你这条网外之鱼。"

"乔磊先生，你不觉得你的重点很有问题？"

"问题？什么问题？"

"你口口声声说，你做的这一切，不过是为了让他形象大毁，好让我彻底死心。但我们分手那么多年，我完全有可能随便找个人谈恋爱。"她不甘心地问，"你凭什么断定这几年我不会爱上别人，甚至闪婚？"

这是一个随时随地都有可能爱上任何人的时代，只有傻瓜才会痴痴地守着一份根本不可能得到的爱情死等。

或者，说——等死，这两者，本来也没什么差别。

所以绝大多数人都是聪明的，"等"的成本太大，在减少一切成本付出的前提下，期冀能够收获最好的结果，从来都是人类最贪婪的梦想。

物美价廉——该不会真的有人天真地以为是体现在购物上吧，细细想来，更体现在感情上、与人交往上、工作升职上……

人类贪婪的要求，从来都充斥着生活的各个方面。

但凡你记得自己有个脑子，不妨拿出来用用——

什么时候，什么事物真的会物美价廉？

奢侈品以价格过滤人群，不是每个人都能求得。打着"物美价廉"旗号的，追其究竟，实则是"物丑"换了张面皮，让你以为美且廉。

"我没这样的把握。"乔磊沉思良久后才说，"我只是骨子里存着一丝侥幸，觉得你和我从来都是一路人——没有什么比'未实现'的力量更强大、更被人惦念，对感情来说，更是如此。在没有真正处理好一份感情前，确定自己的真实心意时，你和我都绝不会轻易开始另外一场爱情的。任何时候，爱情都绝不是廉价的地摊货，任人挑挑拣拣，随意买卖。"

今天的乔磊，看起来比往常都要更讨厌一些，她想。

"不过，说心里话，我也做了两手准备。你的微博、微信……我都有匿名关注，你整天除了吃吃喝喝，没见发过什么来自于新人的感情上的烦扰。我还着什么急。万一真的有情况，我早就飞回来紧急处理了，你知道的，我脸皮一向厚。"他笑的时候，表情像极了做坏事未被大人捉住的顽童，"你我都是'宁啃苹果一口，不吃烂梨一筐'的人，对不对？"

她没有回答，也未做其他任何回应。

"小别，我知道，出了这样的事情，不应该问你太快……如果可以，我真希望死的那个人是我，这样我就可以日日夜夜被你惦记——"他的勇气又没了。

"我说吧。"未料及，别琼突然打断了他的话。

他被吓坏了，大气也不敢出。

"有一天晚上，邵小尉跟我聊天，她离开后，我便问自己，如果没有温沈锐这件事情发生，我是否会选择和你在一起？她说，人和事，要清晰地剥离，勿迁怒他人，勿轻易改变自己。那天晚上我整夜没睡，从童年回忆到大学，他给了我高中时代最美好的爱情和回忆，又给了我第二次生命，没有人比他在我心目中的地位更重。我会用此生的时光来怀念他，这样说来，好像过于薄情寡义。"

她把头埋在臂肘里。

"可是，乔磊，我好不容易发现自己喜欢你，从来没有比现在更清楚自己想要的是什么，却不停地想要违背自己的心，一点点推开你。"

他又惊又喜，听到她问："我要怎么办才好？"

3

"麦麦阅读时光"再次开业，是在来年的春天。

被温沈锐救下的孩子中，有个六岁读大班的小朋友画了他的一张大头照，仔细辨认，居然跟他本人格外神似。邵小尉干脆找了个杂志社的美编直接用他的头像做了个店面logo，做了烫金的大招牌，选了良辰吉日重新挂上。

戴川已经辞掉工作，接手"麦麦阅读时光"，专心打理一切，同时继续替温沈锐履行未能完成的事项。

乔磊用了一年的时间，说动Uncle An买下"向阳花"一条街的底商，用来建设儿童一条街——游乐场、儿童商场、衣服、玩具、学习用品……应有尽有。更由Uncle An出面，向市政府申请将该条街道改为步行街，并命名为"沈锐大道"，同时禁止任何车辆通过。经媒体报道后，得到了广大市民的支持，并于一个月后正式更名。

沈锐大道已经成为幼儿园学区，并经由市政府特批抽调数十名武警，轮流值班，确保幼儿园小朋友的安全。

沈锐大道从未有过现在这样的繁华和井然有序。

植树节那天，市政府的领导为了感谢Uncle An的投资，邀请他一起在沈锐大道植树。Uncle An在确认媒体不会在场时，爽快地同意。

乔磊、别琼、邵小尉、蒋晓光和戴川提着铁锹、小桶、树苗，与Uncle An一行人并肩朝前走着。

远远地，市政府的几位领导，在一群人的簇拥下，缓步走来。

不知从哪里蹿出来一位记者，拿着话筒，后面跟着摄像师，拦住Uncle An的去路。

"您好，我是麦城电视台的记者，得知您是改变了整条沈锐大道的外貌，甚至改变和影响了整个麦城儿童的未来、学习和生活的人，感到由衷地钦佩。我想采访您，是什么契机让您做出这样的决定、这样的大手笔呢？"

所有人都捏了一把汗，Uncle An从来不接受任何采访，这个记者简直是在触雷区。

出乎意料，Uncle An停下脚步，甚至认真地想了一会儿，操着半生不熟的普通话说："你们中国有句歌词，我想，用在这里也很合适。为了即将'燃烧怒放和正在燃烧怒放'的生命，也为了我的儿子，"他的大手拍着乔磊的肩膀，"为了他奋不顾身的爱情，为了我们每个人的内心最柔软处那些奋不顾身争取的人和物，以及信仰。"

他说完这些，并不理会记者是否听懂了，突然爽朗地大笑，大步朝前，旁若无人。

红豆杉、银杏、梧桐、白杨、油松……一棵棵小树苗用环保袋子裹好了根部，被几个年轻人提在手中。那暗灰的树枝上，只要细看，总能找到悄悄抽出来的小绿芽。

这些悄悄抽出小绿芽的幼苗，终将有一天会长成参天大树吧。

别琼走在最后，嘴里默默重复着Uncle An适才说过的话，似懂非懂。

在这个乍暖还寒的春天，阳光直射头顶，比起夏日，总觉得过于柔和。

她更期待夏日午后痛快炽烈的阳光。

正如同他们那痛快炽烈的青春和爱情。